我家

◎ 林天澍 著

大连出版社

DALIAN PUBLISHING HOUSE

图书在版编目（CIP）数据

我家 / 林天澍著. — 大连：大连出版社，2020.6（2024.8重印）
ISBN 978-7-5505-1562-8

Ⅰ.①我… Ⅱ.①林… Ⅲ.①回忆录—中国—当代 Ⅳ.①I251

中国版本图书馆CIP数据核字(2020)第091610号

WO JIA

我 家

策划编辑：张 斌 杜 鑫
责任编辑：张 斌
封面设计：林 洋
责任校对：金 琦
责任印制：徐丽红

出版发行者：大连出版社
　　　　地址：大连市西岗区东北路161号
　　　　邮编：116016
　　　　电话：0411-83620573 / 83620245
　　　　传真：0411-83610391
　　　　网址：http://www.dlmpm.com
　　　　邮箱：dlcbs@dlmpm.com
印 刷 者：天津旭丰源印刷有限公司

幅面尺寸：170 mm × 230 mm
印　张：12.75
字　数：180千字
出版时间：2020年6月第1版
印刷时间：2024年8月第2次印刷
书　号：ISBN 978-7-5505-1562-8
定　价：58.00元

序言

读到天澍这篇纪实性文字，心中充满着喜悦。

一个"00后"，一个出生、成长在北京的孩子，一个就读于北师大附属实验中学国际部的高中生，按理他的兴趣点应该是NBA(美国职业篮球联赛)、日本动漫之类，他却愿意把目光投向遥远的山村、投向自己父母和家人生活的一段段时光，以从容的笔调描写自己在成长过程中遇到的人和事，这本身就是一件难得的事。家庭是社会的缩影，家庭的变迁反映的其实是社会的变迁。天澍娓娓道来的正是这种变迁，在这种描述中渗透的是他对生活的观察、对家庭的热爱和对社会的思考。

一个人心灵的成长，不仅要有对当下生活的体验，更需要有对过去生活的理解，只有这样，才能让心灵丰富起来，才能使自己在不同的时空语境中去体验生命的存在与丰满。通过这本书，我想天澍应该是有这样的收获的。

生活其实是一代人与一代人之间的延续，在这个延续中，我们都希望雏凤清音。我和天澍的父亲可谓世友，看到天澍的成长，看到他对生活的记录、思考与理解，总是有着一份欣赏与高兴。

"看清这个世界，然后爱它"，成为生活的热爱者！

仰海峰

2020 年 3 月 23 日于北大

前言

　　在高中学习任务繁重的情况下，我还是决定动笔写这本书，因为我觉得这是一件非常有意义的事情。父亲小时候生活在安徽大别山的一个小山村，从我父亲的叙述来看，他早年时代的生活与我们现在的生活是相差甚远的，我对父辈的青少年时代是那么陌生，难以想象这几十年来发生了多么巨大的变化。

　　我通过对我们这个家庭的观察和家里长辈的叙述，将这几十年来的家族变迁尽我所能记录下来，形成家族的回忆录，为的是从一个侧面反映中国社会的变迁和进步。这些宝贵的经历让我清晰地了解到近百年来中国社会到底发生了多大的变化，中国的家庭到底发生了什么变化，四十多年改革开放究竟给中国人带来了什么。我选择从一个普通家庭的角度进行观察和思考，由衷希望这是一个有益的尝试。

　　我们这一代人，大多是独生子女，家庭关系通常比较单一。而我的父母却都生活在大家庭中，父亲兄弟姐妹八个，母亲兄弟姐妹六个，这两个家庭的人口加起来超过了七十人。这种大家庭在我们这一代中已不多见，相信以后也会更加少有。父母在谈论他们各自的家庭事务时，这些信息于我来讲是公开的，这使我能够了解到大家庭中发生过的许多故事，这些故事里既有沧桑岁月的悲苦，也有社会进步的欢喜。我觉得有必要把这些故事整理记录下来，这将是一份珍贵的家庭回忆录。

我的爷爷奶奶早年时候的生活，除了少量生产生活用品需要与外界交换，大多数生产生活物品都是靠自给自足，即使交换也多半是物物交换，利用货币的并不多。这与历史教科书上记载的百年前甚至千年前的农村生活相比，几乎没有太大的变化。父亲小的时候，生活中常用的粮食、蔬菜、肉、鸡蛋、棉花、麻布、烟草、食用油等都是靠家庭生产。虽然村里有供销社，但需要到供销社购买的东西并不多，自给自足的自然经济仍占有很大的成分。由于实行计划经济，如果没有票（如布票、油票），有些东西即使有钱也买不到。如今，旧式的土坯房早改成了小洋楼，自来水、太阳能、电视、空调等现代化生活设施一应俱全，网络的普遍应用，改变着人们的生活方式，连年近九十的奶奶都学会了使用智能手机，经常与远在外地的家人用微信视频聊天。

姥姥姥爷经历过抗日战争、解放战争，经历过"四清运动"、大炼钢铁、上山下乡、"文化大革命"，经历过三年困难时期、农业学大寨、工业学大庆。由于时代的需要，他们在农村和城市里交替生活，最后成为国有煤矿职工，加入了工人阶级的行列。母亲与父亲不同的家庭经历为我观察中国社会的变迁提供了另外一个视角。父母双方的家庭，一个是普通的农民家庭，可以观察中国农村的生活；一个是煤矿职工家庭，可以观察小知识分子和企业职工家庭的生活。我发现，随着社会和家庭的变迁，一些自古以来流传已久的生产生活方式很快就会从我们身边消失，我想把它们记录下来。

父亲儿时的思想被那环绕在房屋四周的高山所禁锢，以为自己将在小山村中终其一生。但是随着不断接受教育，观念与意识逐步改变，他渐渐地不甘于现状，不甘于将自己的全部人生局限在那被众山包裹的由土屋朽木构成的山村当中，最终通过高考上了大学，博士毕业后进入中央国家机关工作。而我的母亲也从山西一个山沟里的煤矿中考上大学，接着取得了硕士学位，现已成为一家中央企业的高层管理人员。父母成长的过程正赶上中国改革开放这四十多年。改革开放推动了中国经济社会的飞速发展，给每一个努力向上的普通人提供了机遇。在改革开放的大潮中，父母亲这一代人借力而为、顺势而成，实现着他们的人生梦想。

《乡下人的悲歌》是美国作家 J.D. 万斯的家庭回忆录。书中记述了"铁锈地带"一个普通工人阶级家庭的生活经历，讲述了美国社会底层白人的真实生活状况。20 世纪 40 年代，万斯的外祖父母从阿巴拉契山区的煤矿地区搬迁到俄亥俄州新兴的一个工业小城，成为一家大型钢铁企业的工人，过上了中产阶级的生活。但万斯的外祖父经常酗酒，家里充斥着严重的家庭暴力。万斯的母亲深受家庭影响，高中未能毕业即未婚生子，而且酗酒、吸毒。随着美国制造业外迁，"铁锈地带"越来越不景气，当地大多白人工人阶级陷入了贫困。他们把贫困的原因归罪于美国政府，归因于中国抢走了工作机会。但万斯认为，"我们的悲歌无疑是一个社会学上的问题，同时与心理学有关，与社区有关，与文化有关，与信仰有关。"

例如，年轻人上学的时候不好好学习，高中辍学率高达20%以上。应该找工作的时候不去工作，就算有一份工作，也不好好干。甚至很多年轻人吸毒、滥用药物、偷窃……万斯所经历的家庭生活，与我们这个家庭形成了鲜明的对比。通过对比，不难看出，一个在向上流动，一个在向下流动，其背后都有着深刻的社会背景和客观原因。

家庭是社会的缩影。通过了解家庭成员的故事，我洞察到历史变迁的轨迹，感慨社会进步之快，也感受到社会转型之痛，让我深入思考社会变革中存在的得与失。一代人有一代人的经历，一代人有一代人的机遇，一代人有一代人的责任。上一辈传递到我们手中的，除了值得记住的事迹与光辉，还有多年积攒下来的问题与困难。由家及国，我们应该如何接过接力棒？我们应该怎样学习？去学习什么？面对百年世界未有之大变局，社会管理、国家治理、国际合作越来越重要，我们这代人应该肩负起时代赋予我们的使命。

我非常幸运，出生在这样一个大家庭，让我回望着家人走过的路，站在时代的新的起点上，去追寻我的梦想。

作　者

2020 年 3 月 20 日

目录

一

爷爷奶奶

家 MY Family

　　我的老家在安徽省潜山市天柱山北麓的一个小山村。从地形上看，是一个地势较高的小型盆地，四面环山，东南方向有一缺口，村子里两条河在此汇合，成为村子里唯一的出水口。再往下，形成几个连续的瀑布群，其中两个落差大的瀑布分别称为千尺崖、百尺崖。河里的水流经几华里后，注入天柱山北麓的皖河之中。

　　皖河之南即为天柱山，天柱山古称南岳。公元前106年，刘彻南巡狩猎，途登天柱山，封天柱山为南岳，并在此祭祀山岳。《史记·孝武本纪》记载："其明年冬，上巡南郡，至江陵而东。登礼潜之天柱山，号曰南岳。"后因疆土扩大，隋炀帝改封湖南衡山为南岳。

　　天柱山风景秀丽，奇松、怪石、云海、竹海各有特色，是国家5A级旅游景区，也是世界地质公园，风景其实不亚于黄山，但名气与黄山相比要逊色不少，游客更是少很多。余秋雨有一篇散文《寂寞天柱山》，我很小时，父亲就给我读过这篇文章。天柱山位于北纬30度线上。北纬30度线贯穿四大文明古国，是一条神秘的纬线，很多未解之谜都在这个纬度上，如珠穆朗玛峰、马里亚纳海沟、狮身人面像和金字塔、玛雅文明、百慕大、死海、钱塘江大潮、神农架等等。中央电视台有一档纪录片《北纬30°·中国行》，其中第33集就以"天柱山"为名，介绍了天柱山以及潜山境内的部分名胜。纪录片的记者还曾到我老家的村子里进行了采访。

　　潜山乃安徽之源。早在距今 5500—4800 年，潜山就出现了堪与良渚文化相媲美的薛家岗文化。1979 年，在潜山发现薛家岗遗址，后经多次考古研究发现，薛家岗文化为"皖"的源头。潜山，古称"舒州"。唐代《通典》记载："舒州……古皖国也，春秋时有皖国。"《史记》曰："皖，夏姓，皋陶之后。皖国国君为皖伯，敬称为皖公。"后来皖国被楚国所灭，人们出于对皖伯的敬仰，便把皖地称为"皖公城"，简称"皖城"，把天柱山称为"皖公山"或"皖山"，山下的河称为"皖水"。李白有诗云："清宴皖公山，嶵绝称人意。"

　　《孔雀东南飞》的故事就发生在潜山。三国时大小二乔也是潜山人，至今仍有传说中的"胭脂井"。潜山还有很多名人，如京剧的开山鼻祖程长庚，著名作家张恨水，著名学者余英时，等等。潜山所在的安庆市，可谓历史文化名城，素有"万里长江此封喉，吴楚分疆第一州"之称。安庆下辖三个区、五个县，代管两个县级市，除潜山外，桐城、怀宁等县也是人文荟萃之地。康熙六年（1667 年），设安徽布政使，标志着安徽正式建省，"安徽"之"安"字就取自"安庆府"。乾隆二十五年（1760 年），省会自江宁正式迁移至安庆，此后一百多年，安庆成为安徽省省会。清代康乾时期，安庆出现了以戴名世、方苞、姚鼐等文学大师为首的散文流派，因其初期代表人物皆为安庆桐城人，故称"桐城古文派"或"桐城派"。作为清代最大的散文流派，"桐城派"的影响一直延续到清末，且从安庆扩散至全国，有"天下文章在桐城"之说。

　　爷爷家保存有一套家谱。通过查阅家谱，我可以清晰地知晓我们家族延续的脉络。我曾祖父的祖父，生活在清道光年间。随着鸦片的侵入和鸦片战争的爆发，清朝统治逐渐走向衰败，祖辈们的人生轨迹也清晰地反映出当时的历史背景和发展趋势。曾祖父的祖父林声铨（家谱上称声铨公），是道光年间的贡生候选训导，家境殷实，"且人为大丈夫，既不能献策朝廷为国家出力，亦当维持风教解纷争，屹然作一方柱石"。但声铨公已经开始吸食鸦片，家道开始滑落。曾祖父的父亲林闻德（家谱上称闻德公），是一个秀才，但由于吸食鸦片，家产多有变卖。到曾祖父时，已经没有受什么教育，只是普通的手工业者——木匠。从清朝道光年间我曾祖父的祖父开始，一直到我的父母亲这一代人，一百多年来，他们的受教育程度和职业发展在特定的历史条件下，伴随着时代的起伏，留下了明显的时代烙印，呈现出从高到低然后又从低向高的"V"形发展。

爷爷生于1933年。6岁时，他在村里私塾上了一年学，后辍学。11岁时，到当地一位姓储的地主家打长工，除了放牛、干家务活，还要负责耕种几亩水稻田，一年的报酬仅为两担稻谷。12岁时，他又到一位姓林的富农家打长工，一年的报酬是三担稻谷。1947年，14岁的爷爷，因劳累过度，生了一场大病，无法继续打长工，只好回到家里养病，帮家里种田。

1948年，为躲避战乱，爷爷跟随其父母，带着8岁的弟弟、5岁的妹妹以及另一个只有1岁的弟弟，远走他乡，寄人篱下，在外漂泊生活了一年。1949年中华人民共和国成立后，爷爷一家人回到老家。曾祖母由于一年多的漂泊，身体终于经受不住，1949年冬一病不起，去世时年仅39岁。曾祖母去世后，爷爷与曾祖父一起，靠做木匠活养活一大家子。

由于爷爷在当地是很有名的木匠，1954年，乡里成立手工业生产组，爷爷被任命为副组长，后来成为组长。1955年，爷爷与奶奶结婚。1956年，23岁的爷爷加入中国共产党。1958年，乡里成立手工业合作社联合社，爷爷被任命为主任。当时的手工业合作社联合社有200多人，包括铁匠、木匠、瓦匠等各工种工人。

1963 年，由于两个弟弟长大了，要成家立业，家里缺房子，爷爷只好放弃主任的工作，回家盖房子。当时的工资只能养家糊口，是无法帮助大家庭盖起房子的。回到家的爷爷，担任了十多年的生产队队长。1981 年，担任村长，那一年实行了责任田包产到户。1984 年，爷爷担任村支书。1986 年，因孩子多，家庭负担重，村支书的收入不能满足家庭支出，爷爷只好辞任村支书，重新操起木匠的旧业。

爷爷当村长、村支书时，深受群众拥护和敬重。他帮老百姓办了不少好事，但从来没有利用职权为自己或家里人捞取任何好处。当村小学招民办教师时，我的大伯刚好初中毕业，不少人都提议让他去当民办教师。但爷爷觉得自己是村支书，不能首先考虑自己的孩子，于是就安排别人家的孩子在村小学担任了民办教师，那家的孩子初中尚未毕业，文化程度也不及大伯。后来赶上国家政策调整，这批民办教师都转为了公办教师。还有一次，乡里成立信用社，要村里推荐一个年轻人到信用社工作，大伯非常希望得到这个机会，但爷爷还是把机会让给了村里的另一个年轻人。我的大伯后来一直是个农民，直到后来经商才改变了自己的经济地位。

爷爷是个乐于助人的人，他的一生帮过不少人，还救过两次人。一次，爷爷跟其他村干部处理完公务，在回家的山路上，隐约听到山林里远远传来女人的啜泣声。他停下来，让随行的人听，随行的人却什么也没有听到，还嘲笑爷爷想英雄救美。爷爷再听，还是隐隐约约听到有人在小声哭泣。他就循声走进树林里，结果发现在一棵松树下面，坐着一位 40 多岁的中年妇女，正抱着头轻声哭泣，头顶上的松树上挂着一条裤带。爷爷上前，认出是同村的一位姓余的妇女。原来这位妇女所在生产队晒在稻场上的公粮被人偷了，有人怀疑是她所为，她觉得非常委屈，为了自证清白，一时想不开，就想寻短见。爷爷耐心地做了她的思想工作，保证要还她清白，然后与随行人员一起将这位妇女护送回了家。听村子里人说，这位妇女现在还健在，而且家庭和睦、儿孙满堂，正享受着天伦之乐。另一次，是个冬天，爷爷经过一个池塘时，发现池塘的水面上有一个人在扑腾。原来是一位50多岁的妇女，与家里人闹矛盾，一时想不开投水自尽，由于已经呛了水，加上气温低，这位妇女已经渐渐失去了知觉。爷爷随即脱掉外衣，下到池塘冰冷的水里，将这位妇女拉到岸上，与及时赶到的同村人对这位妇女采取了急救措施，她最终苏醒了过来。当我听别人讲述爷爷两次救人的故事时，很是震惊和感动。俗话说："救人一命胜造七级浮屠。"人的一生如果能有机会救一次人，已属不易，何况爷爷曾经救过两次人，真的很伟大！但这些情况从未听爷爷自己说过，要不是回老家与村里人聊天，父亲和我都不知道爷爷的这些故事。

　　虽然爷爷救过别人的命，但前些年当他的肺上被诊断出一个巨大的肿瘤时，他也感到非常无助，渴望能够出现生命的拯救者。2011年的一段时间，爷爷走路稍快时，就有些上气不接下气。爷爷从来不睡懒觉，一直有早起的习惯。每天早晨起来后，他就会到村子里走一大圈，这类似于城里人早晚到公园里散步。由于长年坚持，即使到了80岁，爷爷仍然声如洪钟、健步如飞。身体上突然出现的变化，让他明显感觉异常。于是，父亲将爷爷接到北京来看病。医院的诊断结果是，爷爷肺部长了一个肿瘤，差不多有两个拳头那么大。虽然没有证据表明肿瘤是恶性的，但由于其体积太大，做手术有很大风险，并且肿瘤与主动脉太近，手术中容易造成大出血。另外，由于爷爷已经80岁了，是否承受得了这么大型的开胸手术，也未可知。因此，主治医生建议不做手术。父亲拿着检查结果咨询了其他两家著名医院的医生，他们也不建议做手术。

这种情况下，爷爷只好离开北京，回到了老家。由于肿瘤的压迫，爷爷感到呼吸越来越受影响，他认为自己时日无多，便想在生命的烛火燃尽之前，到几个儿女处走一走。首选是我的小叔家。小叔的公司在广州，这些年发展得非常好，公司已经有了一定规模。小叔的儿子，也就是我的堂兄，刚从英国留学回来，爷爷特别看重这个大孙子，如果生命即将结束，最难以割舍的自然包括他。2012年6月，爷爷到了广州，在小叔家住了一个月左右。准备回老家的当天，早晨起床后，突然病情加重，大口吐出鲜血。小叔赶紧带爷爷到了广州的一家医院，医生检查发现肿瘤增大并且与肺部黏连，摩擦致使肺部出现伤口流血，如果不及时做手术，出血将进一步加重，肺部感染会导致生命垂危。

住进医院后的爷爷，病情很快加重，每天吐血量激增。由于肺部感染，每天发高烧，体温甚至超过40℃。父亲赶紧请假从北京飞到广州，赶到医院。爷爷由于高烧，两边腋下各放置一大包冰块以帮助降温。深夜十一点多，由于体内高烧不止，体外冰冷刺激，爷爷根本睡不着。父亲陪着爷爷聊天，他告诉父亲，他并不怕死，但还不想死，希望做手术，即使有风险，哪怕在手术台上下不来，也没有遗憾。爷爷的话让父亲很受触动。如果不做手术，天天吐血不止，加上高烧不退，一个80岁的老人，很难坚持多长时间。手术即使风险大，也是唯一的希望了。父亲咨询医生，医生明确回答，如果不做手术，爷爷的生命可能只剩下几天或十几天，最多不超过一个月。听到这儿，父亲主意已定，不管风险多大，一定要给爷爷做手术。于是父亲当天就在网上查看了广州几家比较好的医院资料，发现中山大学肿瘤医院的胸外科实力非常强，有一位教授是全国著名胸外科专家。父亲第二天就拿着爷爷在医院的检查资料到中山大学肿瘤医院找到那位教授，当面向他咨询。教授看着检查结果，沉思了片刻，说："这么大的肿瘤，我从医四十多年了，也没有见过。但这种情况下，必须做手术，否则扛不过去。尽快做吧，我来做！"有了教授的意见，父亲把爷爷转到中山大学肿瘤医院。在爷爷手术前检查的几天里，教授每天都会到病房里查房。每次见到爷爷，都会与爷爷聊些轻松的话题，而且会特意鼓励爷爷，说他的身体非常好，手术一定会非常顺利。这些信息，对爷爷来说太重要了，他又重新燃起了强烈的生存欲望。自从到北京看病，几家医院的医生给出的信息都是相当消极的，几乎所有的医生都强调爷爷年龄大了，不必要再做手术，即使做手术，风险也极大。在这位教授的鼓励下，爷爷在等候手术的几天里，病情似乎有了明显好转，脸上的笑容明显多了起来，他在轻松地等待一场大手术。

手术那天，我和母亲从北京赶到了医院里。进手术室前，我拥抱了爷爷，祝他手术顺利，爷爷脸上仍有微笑，似乎没有太紧张。但我心里非常紧张，跟爷爷拥抱的时候，我感觉到这就是生离死别，如果手术失败，几个小时后，我就见不到亲爱的爷爷了。父亲、叔叔和姑姑们更是紧张，一个个表情严肃。在我与爷爷拥抱时，父亲、母亲还在旁边悄悄地流了眼泪。

手术前，所有的病人家属被安排在等候室里。有医生提醒家属可以在屏幕上看到手术进展情况，如果顺利就不会呼唤家属，如果手术中呼唤到病人家属，请立马赶到手术室门口，医生会和家属说明手术过程中遇到的问题，需要家属协助做出决定。这是一家大型医院，屏幕上有几十位在做手术的病人名字，爷爷的名字在里面非常醒目。等候室里挤满了病人家属，但却鸦雀无声，大家都紧盯着屏幕。手术进行了大概 50 分钟时，我们突然听到广播里喊："请林××的家属到手术室门口。"听到广播里叫出爷爷的名字，我们的心突然一沉，心想这下完了，爷爷凶多吉少。父亲的大脑一片空白，以最快的速度赶到手术室门口。没想到，教授站在门口，冲着父亲兴奋地说："手术非常顺利，非常成功，可以放心啦！"他手里捧着一个铝盆，里面满满的是切下的肿瘤。

爷爷从重症监护室里醒来时，认出站在病床前的父亲，说的第一句话竟是："手术还没做？"当父亲告诉他已经做完时，他说："怎么一点没有疼痛？"由于麻醉的作用，手术中爷爷不觉得疼很正常，但当他苏醒过来后，麻醉的作用实际上已经没有了，正常情况下病人应该感觉到疼。爷爷可能对手术成功、能够再次见到亲人过于兴奋，这种兴奋遮盖住了他的疼痛。其实，由于肿瘤巨大，肺部周边组织复杂，为了方便手术，医生在爷爷身上开了一个巨大的创口，从左前胸一直开到后背，而且锯断了数根肋骨。取出肿瘤后，缝合等用了三个多小时。这么大的创口，爷爷都没有感觉到疼痛，真是奇迹。手术后，爷爷恢复得非常好，在医院里住了十多天，就出院回到了安徽老家。

这些年，爷爷虽然已是耄耋之年，但在村子里仍是一个活跃分子。他是中国共产党党员，在村子里当过村长和村支部书记，加上他那热情爽快、乐于助人的性格，在村里德高望重。现在的村支书和村长遇到一些事情，也经常找爷爷商量，听取意见。村子里为贫困户建了房子，在贫困户搬进去之前，爷爷主动当志愿者，把房子打扫得干干净净。村子里修路修桥，爷爷也积极捐款。2019年7月1日，87岁的爷爷还被村里评为优秀共产党员。

奶奶今年已经88岁了，个头很小，是一位典型的农村家庭妇女，一辈子都在家里忙着家务事。她从早晨起床到晚上睡觉，都会不间断地忙这忙那，洗衣做饭，刷锅洗碗，拖地搞卫生，还会和爷爷一起去菜园里种菜。前几年，姑姑曾想住到奶奶家，好照顾两位老人，但奶奶不习惯被照顾的生活。孩子们一个个长大离开家后，奶奶和爷爷两人生活了几十年，无论是谁来照顾他们，都是对他们几十年来形成的生活节奏和习惯的改变，他们已经很难改变这种节奏和习惯。奶奶每天保持着这样的生活节奏，虽然她移动的步伐和做事的动作比以前要慢很多，但这种慢运动，可能是最适合老年人的一种健身运动。奶奶是典型的现实主义者，她似乎从不讨论过去，也不会设想将来，只关心当前的柴米油盐、家长里短。

父亲回忆，在他小的时候，虽然村子里有供销社，一些生活用品可以通过货币交换，包括煤油（那时叫洋油）、盐、红糖和白砂糖等，但那时的农村很大程度上还是自然经济，不少的生活必需品仍然需要每家每户自己生产，农村的家庭生活还保留着千年不变的"男耕女织"的状态。奶奶家每年都要种植麻、棉花，还会种桑养蚕。麻用来做麻线，也会用来织成一种布，叫夏布。棉花除了用来纳鞋底或做棉衣外，还会纺成棉线，再在织布机上织成一种布，叫老布。年纪长一些的人，很喜欢穿这种老布缝制的衣服，因为是全棉的，透气性好、吸汗。蚕很娇贵，对环境和食物的要求比较高，采摘的桑叶要洗净，不能有农药等残留，蚕吃了稍有污染的桑叶就会死掉。蚕丝大部分都会被卖掉，换成钱。但也会留下部分，缫成丝后，加工成丝带等小织品，主要给孩子或老人用。农村人家一般不会做丝织品的衣服，不仅过于奢侈，也用不着。除了纺纱织布外，奶奶的夜晚时间大多会用在制作布鞋上。那时候，吃完晚饭，奶奶会带着姑姑们纳鞋底，家里人穿的布鞋，都是手工制作的。制作布鞋使用的棉花、麻线都是自家生产的，里面的衬子也是家里用棉花织成的老布，只有鞋面儿的灯芯绒需要购买。这种手工制作的鞋非常费时间，因为鞋底是一针一针纳起来的，一双鞋没有十天半个月难以完工，所以一家要等到过春节时，才能穿上一双新鞋。平时在外干活，穿的鞋子除了一种胶底鞋是买的，很多时候要穿草鞋，那也是手工制作的，几乎每家每户都有制作草鞋的工具。

新希望集团董事长刘永好在一次演讲中表示，改革开放使他有可能成为一名企业家，以前连做梦都没有想过。他说自己20岁以前没有穿过"正式的鞋"，穿的都是自己做的草鞋。我父亲小时候其实也没有穿过正式的鞋。那时，他穿的鞋子只有两种，除了我奶奶做的布鞋，就是上山下地穿的草鞋。过年时才能穿上的布鞋，其实不禁穿，因为鞋底是用旧衣服纳成的，很容易磨破。最怕一不小心踩上狗屎，其具有一定的腐蚀性，一旦粘上了，新的鞋底就会很快烂掉。如果不小心踩上了狗屎，父亲不仅担心被奶奶责备，自己更是十分内疚和伤心。破了的鞋子，一般也要凑合着穿到年底。

除了食物和衣服，那时爷爷抽的烟、招待客人的米酒，也都是家里制作的。陶渊明《归园田居》中"狗吠深巷中，鸡鸣桑树颠"的情景，以及孟浩然《过故人庄》中"开轩面场圃，把酒话桑麻"的场面，就是父亲小时候生活的真实写照。老家最有名的黄梅戏《牛郎织女》中的唱词"你耕田来我织布"，在爷爷奶奶大半辈子的生活中，仍然是主基调。可见，数千年来，中国农村的生活方式、生产方式和生产力水平，在父亲小时候，在爷爷奶奶生活的大半辈子中，没有发生根本性的变化。

正是因为生产力水平低下，家庭成员多，爷爷和奶奶非常辛劳，一辈子都没有睡过一次懒觉，每天起早贪黑。因为劳累过度，奶奶五六十岁时，身体很不好。有时因为劳累过度，或惊吓或生气等原因，奶奶就可能突然发病。发病时，胸口部位就会感到气滞难受，有时会口吐黄水。由于每次发病都伴有胸口难受，大家就认为是心脏病。那时医疗条件有限，很少去医院治疗。村里就一个赤脚医生，他跟大家看法一致，认为是心脏病。村民比较迷信，经常会有算命先生来村子里。奶奶50多岁时，请算命先生算了一次命。算命先生说，奶奶最多只能活到60岁。奶奶一辈子生活艰辛，对生活却充满着热爱，尤其看着几个未成年的孩子，那是无尽的牵挂。如果生命只剩下区区几年，奶奶是断然难以接受的。自那次算命后，奶奶觉得时日不多，情绪变得非常低落。直到60多岁以后，她才慢慢淡忘了算命先生的预言，人也变得积极乐观起来。

今年已经快90岁的奶奶，身体依然硬朗，每天照常忙个不停。度过人生最低沉的一段时间后，奶奶从60多岁开始信佛，她的内心充满着对佛的感激。当人生中最黑暗的一段时间过去后，她的内心又重新燃起了对生命的渴望，希望佛能够保佑她健康长寿，保佑整个家庭平安无事。奶奶在家里建了一个小小的佛堂，请来了如来和观音菩萨的佛像。每天早上和下午，奶奶都要到佛堂里烧香拜佛，极其虔诚，无论刮风下雨，从不间断。有一次，爷爷奶奶出门去看望一个老年人，回家后老两口有些疲惫，就睡了一会儿。醒来后，爷爷突然说，要上楼替奶奶看看佛堂。爷爷快走到佛堂的窗户前，就看到佛像前的桌子上有火苗，他三步并作两步进到屋子里，发现桌子上有纸张在燃烧，他赶紧将火苗扑灭。原来，奶奶在出门前，在佛像前点了两根蜡烛，她怕蜡烛油滴在桌子上，就用纸张垫在蜡烛的下面。因为时间太长，蜡烛烧没了，把垫在下面的纸张点着了。如果爷爷晚来几分钟，着火的纸张就会引燃桌子上其他的易燃物，继而引发一场火灾。爷爷在关键时刻出现，奶奶认为，这就是菩萨显灵，及时提醒。从此，她更加虔诚了。

奶奶没有上过学，她对很多问题的认识，是基于一代代传承下来的一些民间说法，很多事只能用迷信的方式去解释，包括对疾病的认识。由于医疗水平跟不上，那时的农村人大病小病很少到医院治疗。有些病在他们看来并不是病，而是利用迷信去解释。

村里的赤脚医生治不好的病，多求助于迷信的办法。孩子们头疼脑热，实际上是感冒，但奶奶的字典里没有"感冒"两个字，她想到的可能是哪位已经去世的祖先"惦记"这孩子了。为了弄清楚是哪位祖先，她会用三根筷子蘸上水，攥在一起，然后让其站立在一只碗里。操作过程中，嘴里一个个念叨着祖先的名字，如果在念到哪位祖先的名字时，三根筷子站立住，就说明是这位祖先回家了，摸了孩子的头。解决的办法就是要为这位祖先专门烧些纸钱。

如果孩子们走夜路回来，头痛发烧，则认为是在路上被鬼神吓丢了魂，因此要"叫魂"。就是将梯子靠在高墙上，爬到梯子上，大声地叫着孩子的名字，召唤着他回家。如果大人病了，通常奶奶可能会去寺庙里"求签"，"签"上会告知病因，寺庙里也会给些"药"，给病人用水冲服。所谓的"药"，实际上就是寺庙里烧纸烧香的灰，虽然无害，但断断治不了病。

有时家人生病，奶奶还有可能去找道士，道士大多会画一张"符"，让她挂到家里指定的地方，说是用来祛病。有时还会请道士卜卦，通过卦象，道士可能会指出，病人某个部位的病痛，是因为家里某个地方放置了某个物件"压"着了（意即灵魂被压住），回到家里找到这个东西，给挪开就好了。

奶奶的迷信，不知道来源于多少年前的习俗，以前一代一代的中国老百姓，有一些人就是这样应对他们的生老病死，虽然很愚昧，但在缺乏现代医学之时，如果连这种迷信都没有，他们又能怎样理解病痛？怎样去应对？他们的精神靠什么支撑呢？如果连迷信都没有，面对疾病和死亡时，他们会更加无助、更加痛苦。

奶奶虽然年龄大了，但仍然耳聪目明、思路清晰，对新事物接受能力极强。

自从老家的房子从土坯房改建为钢筋水泥的楼房后，家里现代化的电器也是一应俱全，例如电话、冰箱、洗衣机、电视、电热水器等。前两年，父亲考虑虽可以用电话与奶奶联系，但只听到声看不见人，还是减轻不了奶奶对晚辈的思念。于是，父亲买了一部苹果手机，准备让爷爷奶奶试试，能不能学会使用微信视频。结果，教了爷爷几遍，效果并不好。爷爷认识字，但对新鲜事物兴趣并不大，没有耐心跟着学。没有想到，还是奶奶学得快，几遍教下来，奶奶成功地记住了操作。奶奶不识字，父亲就让家里几个人的微信头像都换成本人照片，只要一看头像就能知道是谁，奶奶很容易识别。奶奶不仅能接视频和电话，也会打出视频和电话。对于奶奶而言，微信可真是宝贝，不仅能说话，还能看到人。不识字的奶奶，在近 90 岁时还用上了苹果手机，学会了微信视频，这在村子里传为了美谈。很多村里人来串门，都会请奶奶现场演示一下微信视频，奶奶也乐此不疲。

奶奶是平凡的农村家庭妇女，但这种平凡也有其伟大之处。奶奶一共生了八个孩子，四个男孩，四个女孩，父亲在八个孩子中排行第六，男孩中排行第三。八个兄弟姐妹中，比父亲大两岁的二哥在一场火灾中夭折。父亲 1 岁那年的冬天，奶奶带着父亲和这个二哥睡觉，床前的一个火盆上烘着湿衣服，结果半夜时，炭火将衣服烧着了，引着了床上的蚊帐。老家那地方，冬天也挂着蚊帐，不是防蚊子，而是当时那种夏布蚊帐比较厚实，在冬天能够起到一点保暖的作用。当奶奶发现起火时，整个床上的蚊帐差不多都着了，奶奶急中生智，赶紧将父亲从床上扔到地上，接着将父亲的二哥也扔到地上，然后自己才从火中爬出来。结果，父亲受了轻伤，身上有两处烫伤，奶奶胳膊和背部也被火烧伤，不过父亲和奶奶都没有大碍，很快就康复了。最严重的却是父亲的二哥，一开始没有觉得多严重，只是胸部被烧伤了，但那个年代医疗条件非常有限，只是让村里的赤脚医生开些药搽，没有打针吃药。他的伤口很快就感染了，并且可能引发了内脏感染，当出现紧急情况送到医院时，医生已经无力回天，一个3岁的小生命，就这样夭折了。这件事对奶奶打击很大，她一直责备自己那天不该将湿衣服烘在火盆上，更不应该晚上睡得那么沉，没有及时发现着火。但是为了家里的孩子，奶奶还是坚强地从悲痛中走了出来。

对于父亲来说，这是生命中第一次与死神擦肩而过。除了这一次，父亲还有过几次很危险的经历。父亲小时候，有次上山打柴，出于好奇，他站在一块巨石上，伸手拉着从石头下长上来的一棵松树的树梢，来回荡着玩，结果树梢断了，父亲从两三层楼高的石头上滚落下去，幸好没有直接落在下面的石头上，而是落到一棵小松树上，小松树的树枝起了很大的缓冲作用，将父亲弹在地上。父亲用手掐了一下自己，才确信自己没有被摔死。还有一次，在上初中时，夏天跟着同学到学校后面的池塘里学游泳，还没有完全学会的父亲游到池塘中间水深处时，一时慌张，身体就往下沉，两脚踩进池塘底的淤泥里，越陷越深。危急之时，父亲头脑仍然清醒，他感觉到旁边有人游过，于是使劲将手伸出水面，旁边的同学看到他的手，急忙将他拉了出来。再有一次，上大学放寒假时，父亲在大连火车站急匆匆地赶火车，迎面走来一个男子，手上拎着一个布袋子，这个布袋子撞到父亲的大腿上，父亲顿时觉得一阵剧痛，回头看时，那人已经走远。父亲低头看裤子，发现裤子上有一个被刀子之类的器物划开的一个口子。但由于着急赶火车，父亲就忍住痛，上了火车。由于火车上人特别多，过道上和厕所里都挤满了人，所以根本就没有地方可以脱下裤子察看大腿上的伤情。直到在天津换车时，父亲才到车站的厕所里检查腿上的伤，发现大腿上被某种利刃剜了一块肉，长五六厘米，宽两厘米，深也有一两厘米，流出的血被冬天厚厚的棉裤吸收了，所以外面看不出来流了多少血。由于血流已止，也没有开始那么疼痛，再说也不知道到哪里找人包扎处理，更不知道这种情况要打破伤风的针，父亲没有做任何处理，又坐了几十个小时的火车，回到安徽老家。之后，也只是让伤口自然愈合，没有采取任何处理。真是幸运，父亲的伤口竟然没有感染，更没有得破伤风，只是留下了一条长长的疤痕。父亲的这几次事故，我总结，是一个"金木水火土"组合，站在石头上拉树梢摔到地上，那是木土组合，另外的金、水、火就不难理解了。

这些年，我都跟随父亲回老家过年。爷爷奶奶年龄大了，陪两位老人过年是我们小辈应该做的。小时候回老家时，村子里还有很多土坯房，近些年发生了很大的变化，村里盖起了一幢幢漂亮的小洋楼，过去的灰砖黑瓦的土坯房已所剩无几。没有改造房子的，要么是贫困户，要么已经举家搬迁到城里居住了。

听父亲讲，他小时候，进入腊月后，孩子们就开始兴奋起来，这种兴奋劲会一天比一天强烈，因为期盼的年正一天天临近，都在扳着指头计算着离大年三十还有多少日子。过年对于孩子们着实有着极大的诱惑。过年都能吃上好东西，平时也许很难吃上一口肉，过年家家都会有鸡鸭鱼肉，而且到亲戚家拜年，人家也会拿出很多好吃的东西。过年还会添件新衣服，新鞋子，不仅暖和，更显精神。大家见面互相拜年，人来人往，也能听到一些新鲜事，长不少见识。不仅如此，孩子们还有鞭炮放，对于从小没有玩具的孩子，那就是天大的乐事。过年是大事，而且很多是程式化的，每家每户准备年货的品种是差不多的，有些是必备的东西。对于大人们来说，过年还有另外一层含义，就是一年来欠人家的钱，一般都要还清。平时手头紧，找人做个工，工钱可以先欠着，到商店买些东西也可以赊账。但到了过年时，则是约定俗成的清账的日子，所以对大人们而言，年又叫作"年关"，意思是一道关口，欠了人家钱的人并不好过。

爷爷告诉我，过去到了腊月，村子里几乎家家都要杀年猪，现在很少见了。那时候，基本上家家都会养一两头猪，杀猪是迎接过年的头等大事。前些年爷爷奶奶还养猪，如今年岁大了，父亲不让他们再养猪了。村里如果有人家杀年猪，爷爷会去买些猪肉回来，据说比街上买的肉好吃。过去穷的时候，杀猪才有新鲜猪肉，平时很少有人有钱买肉改善生活，即使有肉吃，多半也是上一年杀猪做成的腊肉。猪肉也是用来还债的重要物资，欠人家的钱，没有现金，就拿猪肉抵债了。杀猪还有一项重要用途，就是过年时到一些亲戚家拜年，是要随礼的，一般都是一刀二斤的猪肉，一包红砂糖或白砂糖，外加一盒当地的方片糕或其他糕点。有一年，爷爷家杀了一头二百多斤的大肥猪，除去杀猪人的工钱、抵债的、送过年礼的肉后，几乎就只剩下猪头和猪下水了，我父亲和兄弟几人看着猪肉都被分光了，失望的泪水流了一脸。

村子里杀猪跟重大节日一样，会叫上要好的亲戚朋友一起来吃杀猪菜。还有一个不知流传了多少年的好传统，村子里有孤寡老人，杀猪的人家都会用大碗装上炖好的猪肉或猪血做成的"猪晃子"（血豆腐）给送过去。爷爷给我讲起村里这种传统的杀猪方式，听起来有些血腥，不过它是一种乡土文化，是即将消失的一个传统。父辈们当年看杀猪的过程，可没觉得血腥，甚至完全沉浸在可以吃上猪肉的喜悦之中。

腊月里除了杀猪，还要杀鸡、杀鱼、熬糖、做糕点。杀鸡时，必须有一只是公鸡，主要用于祭祀，过了正月初一才可以吃。以前，家家户户都会用大米熬糖，用熬出的米糖与炒芝麻、炸米花等混在一起，做出各种各样的切糕，过年有客人来时请客人品尝。但现在只有少数讲究的人家还会熬，大部分都是到市场上买糕点。

大年之前是小年，南北方都有小年，但北方多是腊月二十三，而我老家那里是腊月二十四。小年的任务主要是"接祖"，也就是接逝去的祖先回家过年。到了那天要到祖坟上祭祀，与清明节有点相似，只不过清明节只是祭祀和扫墓，并没有将祖先"接回来"之说。吃完早饭，爷爷就带领儿孙（女性一般不参与），用一种竹子编的箩筐，装上"三牲饭"，带上几刀纸钱和几挂鞭炮，来到祖先的坟前。在坟前摆上"三牲饭"，烧上纸钱，点上鞭炮，依次磕了头，就算完成了接祖先回家过年的仪式。然后就像清明节扫墓一样，将坟头的杂草进行清除，该修整的地方做些修整。一些讲究的人，还会用保留的铜钱在纸钱上一个一个地敲上印记，说这样的纸钱在阴间更好用。但最近几年，一到腊月，政府部门就会派出大量人员在相关地方严防死守，严禁在离林地草地比较近的坟头烧纸钱，因为前些年有人烧纸钱引发了多次山火。清明节扫墓和祭祖，都是千百年来人们为了怀念祖先而形成的习俗，是中华民族自古以来传承孝道亲情的优良传统，有利于唤醒家族成员共同的记忆。

"二十八打糍粑"，似乎也是腊月二十八的固定项目。糯米先要放在水里浸泡一段时间，放在一种像水桶样的木质蒸具里蒸熟，然后放在一个石臼里，两三个男人各持一根木棍，围着石臼使劲揣打，直到不见单个米粒，形成黏稠的泥状物体。这时，将准备好的配料——炒芝麻加上适量的盐，捣碎，撒在平摊在簸箕上的糍粑的两面，又香又糯的糍粑就做好了。

　　等到年三十，家家户户就开始忙着准备年夜饭和贴春联了。爷爷家的大院里一直贴自己写的春联。爷爷与二爷爷、小爷爷住在一个大院子里，二爷爷退休前是小学教师，在村子里是有名的文化人，写得一手好毛笔字，按惯例整个大院里的春联都由二爷爷负责写。除了给大院里写，二爷爷还义务给乡亲邻里写，过去大年三十下午三四点之前都是二爷爷写春联的时间，写好的春联在大院里铺满一地，红彤彤一大片。大年三十的早上，村民们自己买上几张红纸，送上门来，二爷爷把纸裁开，按照春联的字数折成几段，然后大笔一挥，春联就写成了。二爷爷头脑中似乎贮存着无数现成的春联，不用查找资料，而且基本上不写重复的内容。不像现在的年轻人，头脑中似乎不记东西，什么都从手机上查找。现在村里的年轻人平时都在外地工作或打工，过年回来时，口袋里有钱，也不愿意麻烦别人，大多在办年货时一起就把春联给买了。所以，来找二爷爷写春联的已经寥寥无几，他那支蘸满墨汁的毛笔，大半天只是静静地躺在已伴随他几十年的那只砚台上，二爷爷脸上的失落感也隐隐现出。

　　每次我回老家过年，爷爷都很高兴。逢人便说，我小孙子回来过年啦，在北京最好的中学上学呢，学习成绩很好，大城市的孩子文化水平高！有一次，爷爷办年货回来，把手中的那卷大红纸往桌子上一放，对着我说："孩子，你是北京学生，文化程度高，今年的春联你写，不找二爷爷写了，二爷爷也老了，我们也要有接班人。"爷命难违，我放下手中的手机，跟大家讨论起春联来。小学时，我专门练过六年毛笔书法，写毛笔字应该问题不大。但我不像二爷爷，春联都在脑子里，我得现编词。我的大脑里一片空白，只好求助于手机，经查，决定大门用"东风化雨山山翠，政策归心处处春"，上联描写家乡景色好，下联反映国家政策好。编好词，找些报纸铺在桌子上，再到二爷爷家借来毛笔和墨汁，便开始练起来。刚开始手抖腕颤，哆哆嗦嗦，加上几年没有写过毛笔字，所以写出的字有些横不平竖不直，颜体不是颜体，柳体不像柳体。练过的废报纸很快铺了一地，桌子上也洒了不少墨汁，汗水也从额头上流了下来。练了个把小时后，我把大红纸打开，准备"开工"。先写了些贴在侧门的春联，等手热了，自如了，才正式写大门的春联。二爷爷走过来看了看，向我竖起了大拇指，说北京来的学生水平就是不一样。爷爷的眼神里，看得出充满着得意。午饭后，大院里各个门上都贴上了春联。阳光下，红底黑字的春联熠熠生辉，大院立刻有了年的色彩和气氛。此刻，我闻到了那股淡淡的墨香，只有手写春联才有这股淡淡的墨香！

吃年夜饭前，爷爷兄弟三人还要带领全家在大院堂屋的祖宗牌位前供上祭品，在大院前面的广场上再烧次纸钱，放放鞭炮。从爷爷开始，按大小次序，每人都要在祖宗牌位前磕三个响头。爷爷跟我们说，你们学生娃好好磕头，祖宗就会保佑你好好读书。磕完头，我们就到外面忙着放鞭炮，有些胆子大的，把鞭炮放在手上点着后，并不急着丢下，而是等到引子快烧完时才扔掉，最佳状态是鞭炮在空中炸开。我胆子小，还不敢拿着鞭炮放，只能先放在地上，然后用长长的香头去点鞭炮，这很安全，但却遭到了其他孩子的蔑视。即便如此，鞭炮虽小，威力却是极大的，我认为还是应当将安全放在第一位。

年夜饭是最有仪式感的。菜摆上桌时，我发现足足有二三十道菜，把整个大大的圆桌子都占满了。能吃多少是次要的，摆上这么多，是为了慰藉一年的辛劳，庆贺当年的丰收和富足。菜品中，有六道当地必备的传统菜式，叫作"六盘"，分别是肉、鱼、鸡、粉丝、千张（类似于东北的干豆腐）、山粉圆子。山粉圆子非常有特色，是用红薯粉做成的，圆圆的，滑滑的，上面放些红糖，味道是甜中带咸，预示着一家人团团圆圆，生活红红火火，日子越来越甜。鱼的做法和吃法很有讲究。鱼的种类主要是鲢鱼或鳊鱼，做法基本上是红烧，但配料中有一种只在老家才见过的小葱，比在北京市场上能够买到的所有葱都要矮小，而且在地里经历了秋天的霜冻和冬日的寒冷仍然青翠鲜嫩，鱼汤中放进小葱后，鲜香立即扑鼻而来。鱼必须提前一天做好，一般是腊月二十九晚上，做好后连鱼带汤用盘子装好，放在桌子上，因为南方冬天室内没有暖气，室内温度跟室外一样低，经过一晚上后，鱼汤就形成了天然的鱼冻。大年三十晚上，端上一条带鱼冻的整鱼，只吃靠近鱼尾的一半，意即年尾有余（鱼），等大年初一早上，再吃鱼头部分，意即开年有余（鱼），连贯起来就是年年有余（鱼），反映出村里人祖祖辈辈对美好生活的祝福和向往。

吃年夜饭的过程中，一大家子从大伯家开始，按顺序给爷爷奶奶敬酒，祝福老两口健康长寿。两位老人也会根据上学的、工作的、要谈恋爱结婚的等不同情况，对晚辈说些祝福的话，还会给未成年人送上压岁的红包。年夜饭后，村子里的人很少看春节联欢晚会，他们还有更重要的事要做。家族里的晚辈和年轻人，都要到长辈家里"纳福"。我跟随几位堂兄一起，到各位长辈家里走了一圈，回到家里时，春节联欢晚会已经播了一大半。临近十二点时，村子里家家户户都会大放焰火，此起彼伏，整个村子成了欢乐的海洋。

初一早上，吃过早饭后，我们这些晚辈还要再到长辈家走一遍，这次才叫"拜年"。到长辈家拜年，并不像以前那样要跪拜，现在只要向长辈鞠个躬，说声"拜年了"就行了，长辈会用糕点和茶水招待我们，然后问问学习和工作情况。

　　初二开始，才可以到亲戚家拜年，一般都是姻亲关系，而且是到女方父亲和兄弟家拜年，主要是外公和舅舅家。父亲还有一位大舅健在，已经90多岁高龄，父亲每年初二都去给他的大舅拜年。

　　老家过年，还有很多讲究和规矩，有些我到现在也没弄清楚。讲究和规矩越多，说明老家人对年越重视，也说明老家人赋予年的内涵越丰富。

　　我喜欢老家的年，喜欢陪爷爷奶奶一起过年。

二　父亲的成长

父亲出生于 20 世纪 60 年代末。父亲来到这个世界上，刚一睁眼，看见的不是穿白大褂的妇产科大夫，而是一位满头银发、裹着小脚的老奶奶。那个年代，农村妇女生孩子，一般都在家里生，不去医院，负责接生的也就是邻家的老奶奶。老奶奶没有受过专业训练，完全靠经验，经历多了，也就熟能生巧。村子里有一个赤脚医生，只负责看些小病，并不负责接生。孕妇和新生儿的生命常常依靠接生老奶奶的经验和水平，接生的工具就是一把剪刀和一盆热水。剪刀的消毒，仅靠开水烫，难免发生事故。当时尚未实行计划生育，加上没有避孕措施，生育率非常高，大多数家庭每隔一两年就会有一个孩子出生，很多家庭有七八个孩子甚至更多。

家中一共九口人，可知当时爷爷奶奶的负担有多重。爷爷起早贪黑在外干活，奶奶有那么多家务事要做，这些孩子是如何照看的？在物质极度匮乏的情况下，吃饭穿衣是如何解决的？父亲告诉我，爷爷奶奶确实没有多少精力照顾孩子，主要靠大孩带小孩。连衣服也是大的穿过了，缝缝补补再给小的穿。为了生存，他们只能有选择地放弃受教育的权利。父亲的兄弟姐妹中，年龄最大的两个，分别是我大姑、二姑，为了帮助家里干活，为了养家糊口，她们只能到生产队去挣工分，都没有上过学。我在上小学时，二姑曾经在我家生活了几年，负责接送我上下学。二姑由于不识字，出门比较麻烦。有一次，公交车站贴出通知，由于特殊原因公交车暂停，但二姑看不懂通知的内容，在公交车站苦等了近一个小时，没有等到公交车，只好步行 40 分钟到学校来接我。我在学校的传达室里焦急地等待了一个多小时，才看到二姑过来，她急得满头大汗。

我问过父亲，童年时有何理想？父亲告诉我，因为小时候没有离开过村子，不知道村子外边的世界是什么样子，所以没有什么理想，以为终其一生就只能在那个小山村里放牛、做农活。在老家的村子里，就能看到天柱山的主峰，村里流传着许多关于天柱山的传说，据说山上住着神仙。对于大山之外的世界，父亲没有一点感性认识，也想象不出来。父亲上高中时，才有机会走出大山，来到安庆市参加历史竞赛，第一次观察到城市的景象和市民的生活。

穷人的孩子早当家。父亲两三岁时便开始干些力所能及的家务活，帮忙照看弟弟妹妹；四五岁时就可以到菜园里摘菜，到街上买油盐之类的东西；六七岁时，就会喂鸡喂鸭放牛，已经成为一个小劳动力。

7 岁时，父亲想上学读书。开学前，父亲让上小学四年级的堂兄带着他到村里的小学报名。他们走进老师的办公室，负责新生报名的老师斜靠在办公桌上，手里拿着报纸看。父亲的堂兄小心翼翼跟老师说："老师，我弟弟想报名上学。"老师问："多大了？""他 8 岁。""属什么的？""他属猴。""属猴的，才 7 岁，不行，小一岁。"其实，那时候也没那么严格，老师只是那么一说，因为都是同村人，都很熟悉，如果是大人带着去，老师可能就不会说什么。父亲和堂兄从老师办公室出来，两人也不甘心，准备回去跟老师再争取一下，但前提是要弄清楚属什么的是 8 岁。父亲于是问堂兄："哥，属什么的 8 岁？"堂兄想了想："应该是属鸡的。"他俩回到老师办公室，堂兄很诚恳地告诉老师："老师，刚才我们说错了，我弟弟不是属猴，是属鸡。"

老师说："属鸡？那更小一岁，回去吧。"没错，属鸡的是比属猴的更小一岁。父亲只好转身离开，等到第二年才上学。

　　父亲上的小学，就在村里一个小山坳里。那时小学是五年制，一到五年级，每个年级一个班。教室非常简陋，课桌板凳都要由学生自备，窗户上没有玻璃，冬天天气寒冷时，学校的老师就会找来报纸把窗户给糊上。因为窗户被报纸糊上，教室里没有电灯，光线明显受到影响。那时上学，作业并不多。每天晚上忙完家务活后，父亲就在昏暗的煤油灯下做作业。煤油灯上的玻璃罩，每天都会被熏黑。所以，父亲每天都会把灯罩拿到河里洗，用些草木灰，灯罩上的油烟很容易洗掉。

　　小学的老师一般都是本村的高中毕业生、初中毕业生，有的甚至只有小学文凭。老师们基本上都不会普通话，课堂上多是方言教学。有位退伍军人出身的老师，能说普通话，最受学生们欢迎，因为听普通话有新鲜感，更显得有文化。但这位军人出身的老师，脾气很暴躁，对班上调皮的男生，一般都是棍棒相加。有一次，一个男生欺负女生，老师用手中的教鞭——一根细长的竹棍，当着全班同学的面，在这个男生的身上来回抽打，直到竹棍裂开折断才停止。老师一边打，一边咬着牙说："叫你大闹天宫！大闹天宫！"男生很固执，一点不躲避、不逃跑，任凭老师抽打。那时的家长，对教师体罚殴打学生，不仅不会提出反对意见、不会向教育主管部门告状反映，反而会感谢老师的管教。

　　父亲上小学时，我的大伯和三姑正上初中。由于家里缺少劳动力，大伯和三姑初中没有读完就辍学了。一次，三姑作文本用完了，找奶奶要1角6分钱买一个新的，但奶奶拿不出来。三姑哭着离开了家，奶奶心里不忍，跑到邻居家借了钱，追着送给了三姑。这件事深深地刺痛了三姑，让她失去了继续上学的信心。大伯很快也从学校辍学，成为家里一个重要的男劳力。大伯和三姑在校成绩很优秀，如今每当他们谈起那时的选择，都深感惋惜。如果坚持一两年，等上了高中，就会迎来恢复高考，应该都有考上大学的机会。

父亲一边上学，一边帮家里干活，每天早晨上学前和下午放学后，父亲都要放牛。牛是生产队的，放牛能够折合成工分。父亲虽小，已经能替家里挣工分了。在上小学的几年时间里，父亲先后放过三头牛，三头性格不同的牛。有一头性格温顺的老黄牛，父亲与之感情最深，相处的日子最长。这头牛的角尖不是朝外，而是折向牛头。父亲担心，随着老黄牛一天天老去，它的角总有一天会扎进它的头颅，但老黄牛没有等到那一天。一天早晨，老黄牛躺在地上，任凭父亲怎么拉它也拉不起来，它眼睛里似乎有泪水，眼神也充满着痛苦。爷爷找来兽医，经检查，老黄牛得了胆囊结石。老黄牛不吃不喝，没有多长时间便死了。死之前，它的肚子胀得好大。村里人从老黄牛胆囊里取出一个差不多鸡蛋大小的结石，呈棕黄色，外面还有一层黑色光亮的薄膜。多年后，父亲才知道，那块结石其实就是名贵的牛黄。当时，父亲和爷爷都缺少相关知识，根本不知道那块导致老黄牛死亡的石头有什么价值，也没有注意谁拿走了那块石头，或许大家都不知道它的价值，被当成一块普通石头扔掉了。

父亲放的第二头牛，个头不大，毛为黑色。有一天，父亲将牛放在山上吃草时，这头牛不小心从一个悬崖上摔了下去，不幸摔死了。那时的一头牛可是生产队的重要生产资料，甚至是最值钱的生产资料。

父亲放的第三头牛，身材比较高大，毛为棕色。这头牛脾气不好，除了父亲，换别人放它时，它会顶人。有一次父亲放学比较晚，奶奶就去放它，结果牛用角将奶奶从一个坡路上顶了下去，导致胳膊骨折。由于造成了严重后果，生产队将这头牛卖了，父亲就再也没有放牛了。

　　除了放牛，父亲小时候干得最多的就是上山打柴。春节回老家过年时，父亲曾带我上山，重走了他当年打柴经过的蜿蜒山路。现在的山上树木茂盛，如果打柴，遍地皆是、唾手可得。可现在几乎没有人上山打柴，大家用电、煤气的多了，加上村子里基本上是老年人和留守儿童，年轻人都出去打工了，也没有青壮劳力上山打柴了。父亲小时候，村子里大多数人家都是大家庭，每家对木柴的需求量都很大。因为上山打柴的人多了，山上被砍伐得到处光秃秃的。父亲那时要走好远的山路，有时甚至要翻山越岭才能打到柴，来回需要大半天时间。那时上山打柴，脚上穿的是草鞋，草鞋的底也是稻草编织的，很容易被扎穿。山上到处都是灌木被砍后留下的碴口，穿草鞋的脚经常被扎得鲜血直流。草鞋是爷爷手工制作的，爷爷家仍保留着一个制作草鞋的工具，一个笔架状的木制工具。

　　那时候，爷爷家由于人口多，挣工分的少，到了青黄不接的时候，从生产队分的粮食不够吃，就会闹粮荒。没有粮食吃时，通常有两种解决方式，一是乡里的粮站有定量的供应粮，按人口多少拿粮票才能买。即使有钱，如果没有粮票，也不能上粮站买粮。二是爷爷到几十里地外的平原地区，找有多余粮食的人家去买。平原地区田地多，有一些余粮户，但价格比粮站的供应粮要高得多。由于没有多少钱，爷爷通常来回跑上一天，也只是买回来三五十斤粮食。有一次，父亲和姑姑中午放学回家，发现家里冷锅冷灶，奶奶没有烧饭，到菜地里干活去了。问了其他家人，才知道家里根本没有一点粮食了，爷爷去平原地区买粮去了，等回来怎么也要到天黑时分。姑姑发现厨房里还有一碗早晨剩下的米汤，就热了与父亲一起喝了上学去了。父亲说，这种情况在每年的农历六月经常发生，所谓的青黄不接，就是早稻尚未收割，存粮已经吃完的时候。那时候粮食不够吃，不是土地问题，主要还是生产关系和分配关系没有理顺的问题。生产队是集体大生产，每个劳动力按出工的天数计算工分，然后按工分分配粮食。一些人出工不出力，劳动积极性很难调动起来。爷爷家只有爷爷是成年劳力，其他都是孩子，即使姑姑、大伯参加生产队劳动，但拿不到完整的一个工分，只是二分之一或三分之一，累计的工分少，分配的粮食也就少。1981 年，家乡实行责任田到户，对生产关系进行了调整，村子里的田地还是那么多，但家家生产的粮食都够吃了。实行责任田到户，分配的标准是按人口，而不论年龄大小、出工多少，爷爷家人口多，分到的田也相应较多。责任田到户后，爷爷家就没有再出现粮食不够吃的情况。看来，生产力决定生产关系，但生产关系对生产力的反作用也很大。

父亲就读的初中在镇子上。学校离家有十里地，从初一开始就需要住校。宿舍是教室改造的，里面塞满了上下铺的木床，每张床住四个学生，上铺两个，下铺两个。一间宿舍有十多张床，住着几十名学生。每个周末，父亲回到家。星期天下午返校时，要背上大米，到学校换取一周的饭票。学校食堂里有菜卖，一份红烧肉或粉蒸肉就一角钱，一份素菜也就两分钱，但只有少数家庭条件好的学生才在食堂里买菜吃。大多数学生都是从食堂打来米饭后，就着从家里带来的腌萝卜、辣白菜之类的咸菜吃。中学六年的时间里，父亲吃的都是咸菜。在长身体的阶段，由于营养跟不上，身体发育肯定会受到影响。现在农村义务教育地区实行学生营养餐计划，这对正在长身体的中小学生来说非常重要，是一项利国利民的好政策。可惜父亲那时候没有这项政策。

中考时，以父亲的成绩可以考上中专。那时上了中专，国家就会分配工作，户口就会由农村户口转为城镇户口。对于农村家庭来说，初中毕业上中专，是跳出"农门"的捷径。爷爷希望父亲上中专,早点出来工作,减轻家庭负担。父亲则想到县里一所重点中学上高中,目标是考大学。但重点中学在县城里,花费相对较多。再三权衡,父亲放弃了重点中学,选择在镇上的高中就读。

父亲就读的高中,虽然是山沟沟里的一所学校,但每年高考都有考上名牌大学的。那时候,城乡教育之间差别不是很大,普通中学里不仅有一些优秀的老师,也有优秀的学生。优秀的学生没有都集中到重点中学,就像父亲一样,他本来可以上重点高中,但出于经济因素的考虑,就留在了这样一所普通中学。那时候,一些年轻老师从师范大学毕业后,直接分配到这些中学,有的成了非常优秀的老师。父亲的地理老师深受大家的欢迎。这位老师每次上课前,都会把课上要讲到的地图、地形图等预先画到一块块小黑板上,上课讲到相关内容时,就把小黑板挂到讲台上面,这样,既节约了上课时间,又提高了课堂效率,也大大提升了学生的学习兴趣。那时候没有电脑,更没有PPT,地理老师的一块块小黑板就相当于现在的PPT。父亲那个班,高考时地理成绩考了安徽省单科第一名。

现在的情况和以前相较发生了很大的变化,优质师资不断向城市集中,向优质学校集中,成绩好的学生更是向优质学校集中,结果导致强者更强、弱者更弱。大城市除了学校的师资力量强大,社会上还有众多的培训机构,乡村一般没有这些条件。因此,现在农村与城市的教学质量差距越来越大,父亲所在的中学,已经连续多年没有考上名牌大学的学生了。不仅如此,上次我们回老家时了解到,这所中学已经停止招收高中生。问其原因,主要有三:一是农村人口越来越少,学生越来越少;二是好的老师都想办法调到重点中学,或县城里的中学,这些中学无论办学条件还是待遇都要比农村中学好得多;三是成绩好的学生或者家庭经济条件好的学生,都会进入重点中学或县城中学上学，愿意留在乡镇中学的越来越少。因为好的老师和学生去了别的学校，就形成了恶性循环，学校每年的招生名额都不足，最终难以为继，只好停止招收高中学生。

父亲的高中时代，人们对高考远没有今天这样重视。那时的高考只是少数人改变命运的考试，高考录取率只有百分之几，所以大多数人并不关心。父亲高考时，考场在县城里，考试前一天，学校用大巴将高三年级的考生拉往县城，没有家长随同陪考。父亲所在的中学位于山区，在山路上行驶时，大巴由一位老师傅驾驶，但到了平原地区时，老师傅便将车停到路边，让他的年轻徒弟驾驶。没想到，这位徒弟刚开出几百米的距离，就来到一段下坡路上，他竟然驾驶着大巴朝着停在路边的一辆货车撞了上去。父亲坐在车的前半部，眼睁睁看着大巴撞向货车尾部。大巴瞬间停了下来，有些学生从座位上跌落下来，有人磕掉了牙齿。前面的货车被撞后，沿着下坡道向前滑行了出去。惊险的是，货车滑出去后，车底下竟然露出一个人，只见那人迅速从地上爬起来，向前猛跑，追上货车，跃上驾驶室，把货车给停住了。如果不及时停下，货车向前滑行一段距离后，就会来到一个弯道，必然翻车。躺在车下的原来是货车的司机，他在修理出了故障的货车，没有想到被后面的大巴追了尾。幸亏他当时直躺在车底下，如果横着躺，那就会车毁人亡。

大巴到县城后，几位受伤的学生被送到医院进行了简单的包扎和治疗，第二天正常参加了高考，没有人抱怨考试受到影响，更没有人提出赔偿。这种事如果发生在今天参加高考的学生身上，就是严重的事故，学生家长可能会向学校和大巴所在公司提出索赔，因为事故对学生的考试多少会有影响。

到县城后，学生们被安排在一家招待所住下。招待所每间房间有四张床，住四个学生。父亲的房间窗子外有一个水塔。每到半夜，水塔上的水就会溢出来，沿着塔身往下流，形成一个瀑布，哗啦啦的声音很大。父亲向招待所反映了情况，但没有人解决问题，一到半夜水塔上的水照常流。虽然是高考，父亲每天只能睡半宿觉，后半夜是"夜阑卧听风吹雨"，休息受到严重影响。现在参加高考的学生和家长可能无法理解这种情况，也不可能出现这种情况。现在高考考生如果住宾馆，不可能多人一间。如果房间周边环境嘈杂，考生投诉后，宾馆就得想办法解决。如果投诉了，仍然得不到解决，估计会成为负面新闻。我家附近就有一所中学，每年作为高考考场。一到考试时，考场周边的工地都要停工，考场外的街道也有警察把守，不让任何车辆通行，就是为了保持考生考试时不会受到周边任何噪声的干扰。父亲那个年代，与现在真的大不同。

尽管考试过程中出现了很多的干扰因素，父亲考试发挥却很正常，考试成绩足以填报国内最好的大学。父亲填报了上海一所名牌大学，因其国际经济、国际政治等专业很有吸引力。其实，父亲当时并不懂得这些专业到底是研究什么，只是从字面上进行理解。父亲高考那年，上海流行甲肝，那所大学负责招生的人看到父亲档案里有高中时因肝炎休学的记录，就没有录取父亲。父亲的档案到了东北财经大学的招生人员手里。当她拿到父亲的档案时，也很犹豫，不确定父亲的身体是否康复。由于父亲的成绩很好，这是她十多年招生经历中见过的最高分数，虽有犹豫，终不忍放弃，最终录取了父亲。开学后，这位老师给父亲所在班级上英语课，将这些情况告知了父亲，父亲心存感激。

东北财经大学位于辽宁大连，父亲填报这所大学，就是看上了它离家远，因为他相信，除了要读万卷书，还要行万里路。上大学之前，除了到县城里参加考试，父亲没有离开过学习生活的乡村。上大学时，父亲从家里出发时，爷爷只把他送到镇上的汽车站坐上大巴，然后就是他一个人独行。父亲清晨从镇里坐上大巴，经过差不多一天的颠簸，黄昏时分才赶到省会合肥的火车站。那时没有高速公路，路况也差，大巴开不快，虽然到省城只有二百公里，路上却要花费八九个小时。父亲此前没有见过火车，更没有坐过火车。爷爷曾经走南闯北，坐过火车，他把坐火车的相关事宜和注意事项详细告诉了父亲。例如，中间要到天津等城市中转，要买从合肥至大连的联程票。父亲在火车站排队买票时，发现前面一个学生模样的人，手里拿的大学录取通知书跟他的一样。一问，证实此人也是东北财经大学的新生，与父亲同一个专业，而且同是安庆老乡。于是，两个人便一路结伴同行。

那时的绿皮火车条件差，车上人特别多，厕所里通常也挤满了人。上学的几年中，父亲在合肥火车站很少能买到有座位的票，多数是站票。上到火车上，只能在过道里站着。有时人多，连站的地方也很局促，人们的身体相互挤压在一起，两脚难以踏踏实实地踩在地板上。这种站姿时间长了，身体十分疲惫。有时他们就钻到三人座的座位下面，把报纸铺在地上，在报纸上躺下。座位上旅客的双脚常常伸在下面，有的把鞋子脱在旁边，臭气熏天。那时候，没有钱在路上买吃的，父亲从家出发时，奶奶就会煮一些鸡蛋让他带上，一路上就吃鸡蛋。有次在天津火车站转车，父亲中转的火车是凌晨三点经过天津站。父亲在候车室里，拿出鸡蛋吃了一个，便坐在椅子上睡着了。凌晨三点，当候车室里广播突然响起，通知去往大连的旅客上车时，父亲一下惊醒过来，抓起行李就朝火车奔去。当火车开动后，父亲才想起那一包鸡蛋落在候车室的座椅上。在接下来的二十多个小时的旅途中，丢失口粮的父亲没有吃任何东西。直到到学校报到后，才到学校食堂里吃了饭。

有一次在动身返校的前一天，父亲在家里帮爷爷干活时，不小心崴了脚，当时并不严重，只是走路有些疼痛。第二天一早，父亲一跛一瘸地背着行李出发了。从合肥上火车时，买到的仍然是站票，车上人特别多，难有立锥之地。父亲的脚疼得厉害，站立困难，但没有可坐下的地方，座位底下也都被人占领。一直到沈阳后，下车的人比较多，父亲才找一个空座坐下。父亲脱下鞋子，查看他那只受伤的脚，脚已经肿得非常厉害。父亲就把脚放在地上，让其放松。火车到站后，父亲的脚因为肿胀，无法塞进鞋子里，他只好穿着一只鞋子回到学校。到学校后，父亲来到校医院检查，医生告诉他，那只脚受伤的地方已经出现严重的坏死，如果不及时来检查和治疗，可能要做截肢手术。

父亲那个年代乘坐的拥挤不堪的绿皮火车已被高铁替代，高考却仍然是普通学子向上流动最畅通的渠道。与很多国家相比，今天中国的"三高"，体现着中国的发展速度、发展成就，也体现出中国社会制度的优越性。一是高考，目前仍是普通阶层向上流动的最重要渠道。正如父亲，本是农民出身，从小本没有什么理想，以为一辈子就在那个小山村里终其一生，结果，通过高考跳出了农门，上了大学，最后通过自己的努力成了中央国家机关的工作人员。没有公平的高考，这种向上流动将变得十分困难。二是高铁，给普通老百姓在城乡之间、城市与城市之间的流动，提供了极为便捷、高效的出行方式。规模庞大的农民工大军，每年春节一过，就从中西部来到长三角、珠三角等地区，为当地的建设和发展提供了源源不断的劳动力。如果没有高铁超强的运输能力，每年几十亿人次的春运，是不可能完成的。三是信息高速路——互联网。中国互联网等信息技术发展迅速，移动支付更是在全球领先，给普通老百姓了解信息、互通有无提供了巨大方便，也给年轻人提供了大量的就业机会，如快递行业、外卖行业等等。

父亲上大学时，中国还是计划经济，很多东西要凭票供应。父亲每个月可以领取 30 斤粮票、20 多元国家补助的生活费，基本上不用交学费，如果有，也只是象征性的少量学费。因为物价水平低，吃饭基本够了，家里负担的主要是衣服及其他方面的支出。父亲说起这些时，仍很感慨，那时国家虽然穷，财政收入不及现在百分之一，但国家对大学生高度重视，上大学基本上不需要家庭承担多少费用，学生不会因为费用原因而上不了大学。一个家庭如果有一个孩子考上大学，就意味着将来会有一份体面的工作，拿着不错的工资，这对于整个家庭来说不仅是很大的荣光，更寄托着很大的希望。那时候，如果一个家庭里有一个大学毕业生，这个家庭就等于有了稳定的收入，生活水平和生活质量就会有保障。现在，由于大学持续多年扩招，大部分高中毕业生都能考上大学，上了大学并不等于就会有一份好的工作，上大学只是找份好工作的必要条件，而非充分条件，需要到人才市场上进行激烈的竞争。而且，现在上大学的学费，对于一个普通家庭来说，也是不小的支出。

父亲大学毕业之时，正是中国计划经济向市场经济转型之时。邓小平 1992 年发表南方谈话，中国启动了市场经济体制改革。父亲所在的计划统计系，其专业设置乃计划经济产物，在向市场经济转型之时，已经有些不适用了。毕业前，他准备报考会计专业研究生。有一天晚上，父亲正在教室复习《微积分》，辅导员神色慌张地走了进来，告诉了父亲一个不幸的消息。父亲第一次上大学时在火车站遇到的那位同学，在海里游泳时，不幸溺亡。因为父亲是其同学也是老乡，自然就负责起接待其家人和相应的善后工作。随后一段时间，父亲放下手中复习的书，极力安抚好那个悲伤的家庭。这样一个农村家庭，突然间失去了一个大学生，相当于全家的希望顿时破灭，父亲面对他们时，明显感受到他们心中的那种绝望和悲痛。他与同学们一起组织全校师生为这个不幸的家庭捐了款。送走同学的家人，父亲难以集中精力继续复习。正值学校组织学生到扬州实习，父亲决定暂时放弃考研计划，跟同学们一起去实习。

父亲毕业时，多数是自己找工作，如果找不到，仍然可由教育部门分配工作，这就是毕业分配的双轨制。在合肥找工作的过程中，父亲的一位老师给他介绍了一位在金融机构担任人事处长的同学。父亲拿着老师写的字条，来到那位人事处长家。人事处长出差不在家，他的夫人接待了父亲，看了父亲的简历，表示会转告她丈夫，愿意尽力帮忙，但她强调可能免不了需要请客送礼。父亲心想，手中除了大学文凭外，什么都没有，来到合肥找工作，还是向朋友借了100元，这100元钱包括路费和住宿伙食费，哪儿来钱请客送礼呢？从人事处长家出来后，父亲有些情绪低落，在大街上闲逛了很久。眼看天就要黑下来，突然发现迎面走来一个熟悉的身影。原来是同届毕业的一位校友，他也在合肥找工作。这位校友告诉父亲，铜陵市新任市长，年轻有为，富有改革创新精神，让市政府在报纸上登广告，欢迎大学生到铜陵工作。铜陵本是矿业城市，人口结构以厂矿工人为主。铜陵经济要转型升级，必须要有人才储备。市长看准这一点，通过报纸广而告之，欢迎所有大学生到铜陵工作。第二天，父亲和那位校友一起来到铜陵。根据报纸上的介绍，他俩到铜陵市计委登记了相关信息。登记表上有一栏，可以填报个人意向的单位。那位校友希望到市政府工作，便填上了"市政府"。父亲希望到学校教书，他填报了铜陵一所高等院校，这是铜陵市仅有的一家大专院校。不出几天时间，父亲和他的校友都接到了工作分配的通知。那位校友被分配到市政府工作，父亲被分配到了那所高等院校。

父亲工作的学校景色非常优美，一片原始森林沿着一座小山绵延于校园之中，森林深处还有几个池塘点缀其间。沿着林中小道前行，十分幽静而深邃，让人顿时感觉到远离了城市的喧嚣与人间的烦恼。跟父亲同时分配来的年轻老师有几十人，他们住在同一栋楼里，那种典型的筒子楼，一人一间宿舍，厨房和卫生间则是共用。因为是专科学校，当老师的，在备课和讲课之余，科研方面的压力并不大，学校也没有太高的要求。于是，这些精力充沛的年轻老师，有大把的空余时间。聚在一起打麻将，成了他们消遣的主要方式。他们打麻将，可不是仅四个人，几乎同楼层的人都会参与，会打的上桌打，不会打的在桌边看，看多了也就会了。楼里有时会同时响起几桌麻将的声音，仿佛一个娱乐场所，麻将拉近了大家的关系，带来了很多的欢乐。茶余饭后，大家谈论的话题，基本上围绕麻将展开，很少有讨论学术和教学方面的。每次谈论起麻将，大家的声调都会扬得很高。有后悔的，什么该吃的没有吃，该碰的没有碰，该和的没有和；有兴奋的，什么本来一把烂牌，没想到，张张都上好牌，想吃啥就来啥，结果和了个大的；有邀功的，什么要不是听我的，你根本就不可能和；有请赏的，什么你今天赢了那么多，必须请我吃饭；等等。时间一长，父亲觉得，这种日子似乎不该成为年轻人的日常生活，不仅浪费时间，经常通宵达旦地打，也是对身体的严重消耗。他在内心深处，重新燃起报考硕士研究生的梦想。

为了实现梦想，父亲全力投入。他如饥似渴地复习英语、数学等考试科目，每天睡眠时间常常不足三小时。三个多月后，他的身体明显透支，出现了严重的神经衰弱，睡眠成了问题。每次睡觉时，脑海中就像翻江倒海一样，似乎是数学、英语的内容，但很快就会被惊醒，才发现刚才脑海中其实都是乱七八糟的东西，并不是数学、英语的内容。父亲将这种状况告诉了一位最好的朋友，他的朋友提醒他，必须注意劳逸结合。自那以后，每天晚饭后，父亲的这位朋友都会拉着他出去散步，还经常提醒他注意劳逸结合。经过一段时间的调整，父亲的身体状况明显好转。

父亲报考的是东北财经大学会计专业硕士，他试图实现之前没有完成的梦想。他从学校购买的一些考试用书，直到考试前几天，有的还没有收到。其中考试必用的《成本会计》，考试前三四天才邮寄到。这是一本600页的厚书，他以前没有学过，如果从头到尾全部学习一遍，时间明显来不及。父亲在无计可施的情况下，给学校的会计系主任打了一个电话，自我介绍说是安徽铜陵的考生，刚刚拿到《成本会计》一书，希望主任指点一下考试的重点。那位主任非常严肃地指出，他作为系主任，不能指导考试重点，这样不符合规定。父亲费尽周折才打通系主任的电话，他不想就此放弃这一难得的机会，于是很诚恳地问那位主任："老师，这本书前一半讲成本核算，后一半讲成本管理，成本核算是基础吧？"系主任回答："成本核算当然是基础了。"父亲理解，成本核算是基础，就应该把有限的时间放在这部分内容上，只能放弃成本管理部分。他很幸运，考试题目涉及成本会计的部分果然是成本核算，没有涉及成本管理。

如果父亲没有再打一个电话，仍然会失去读研究生的机会。父亲给大学时的一位老师打了一个电话，告诉他自己参加了会计专业硕士研究生考试，不知道考试结果如何。那位老师很乐意帮忙，放下电话就来到学校负责研究生考试招生的处长办公室问询情况，那位处长给他看了拟录取的考生名单，上面没有父亲的名字。那位老师查看了所有考生的成绩登记表，发现父亲的成绩竟然名列前茅，拟录取名单中应该有父亲的名字。老师将此情况告诉了处长，他很是尴尬，连声说对不起。父亲到研究生部报到后，那位处长因在招生考试中受贿舞弊，被司法机关逮捕了。据说，他为了照顾别人，在确定录取名单时，故意将几位分数高的考生排除在外。

　　研究生毕业后，父亲与母亲都来到北京工作。父亲在中国注册会计师协会，母亲在北京化工大学。两个单位相距非常近，均位于北京西三环中路，这给他俩的交往提供了方便。毕业一年后，父亲母亲领取结婚证，并邀请亲朋好友举办了一个简单的婚礼。婚礼上，父亲母亲的研究生同学拿来一本会计学书籍，模仿西方婚礼中新郎新娘把手按在《圣经》上宣誓的做法，让父亲母亲把手按在那本会计学书籍上进行了宣誓。

　　当得知中央财经大学设立了会计学博士点后，父亲立即报考了该校的会计学博士。博士毕业后，父亲进入财政部工作。从小以为在大别山区的小山村里终其一生的父亲，通过考大学离开了小山村，又通过自己的努力，取得了硕士、博士学位，改变了自己的命运，最终成为中央国家机关的一名工作人员。父亲很幸运，赶上了改革开放的好时代，赶上了市场经济发展的好时代，借力于时代的大潮，实现了自己的一个个人生梦想。

三　母亲的家庭

家 MY Family

　　说起我的母亲，当然得从我的姥姥和姥爷说起，姥姥和姥爷是山西省一家国有煤矿的职工。母亲也来自一个大家庭，兄弟姐妹共六人，她是这个大家庭中最小的一个，有三个哥哥、两个姐姐。

　　姥姥和姥爷的一生颇为传奇。姥姥1940年出生在河北省阜平县。那年头，正赶上日本鬼子侵略中国，在冀中平原疯狂地烧杀抢掠，行径十分猖獗。阜平是八路军的根据地，日本鬼子经常来扫荡，老百姓难以生存。姥姥刚出生一个月时，有天鬼子来扫荡，于是全家人跑到山上去躲藏。此前村里人在山里躲藏时，有孩子大哭，大人怕招来鬼子，竟然活活把孩子捂死了。姥姥的父母怕再出现这种情况，就把姥姥放在一片枣树林子里，下面铺了件棉袄，上面盖了件棉袄，然后就进山了。等到天黑后，确定鬼子已经走了，大家陆续返回村里，赶紧赶到枣树林里一看，发现姥姥睡得还挺香，于是又把她抱了回来，姥姥真是大难不死。

　　那个年代，姥姥家一年辛勤劳作打下的粮食大多都被阜平城里的地主收走了，生活非常艰难。姥姥的父母下决心逃往山西，准备投奔姥姥的大姑家。这时收到了姥姥的大哥的来信，他说他在山西进了贺龙领导的八路军一二〇师，入了党，当上了营级干部。这下更坚定了姥姥的父母的决心，他们打算到山西去找姥姥的大哥。1940年腊月二十九，天上下着鹅毛大雪，姥姥的父母带着全家七口人从阜平出发，朝着山西方向进发。当时，姥姥才两个月大。

当他们步行到石家庄火车站时，车站上全是日本鬼子把守，不让上车。坐火车不成，他们决定经五台山一路步行到山西。一路上，他们风餐露宿，沿路乞讨，晚上就住破庙、废弃的窑洞。到山西太原一个村子时，姥姥的母亲的小脚肿得走不动了，他们只好在一个无人住的窑洞里住下来。村子里的一个大户人家很想领养姥姥和她的四哥，那家人愿意出价30块大洋。姥姥的母亲身子很弱，便同意把孩子送人。可姥姥的父亲坚决反对，他说："咱们逃出来是为了活命，还没到目的地就在半路上把孩子给了人，那图个啥？全家现在七口人，要活都活，要死都死，宁可饿死也不给人。"村里的那户人家心地很善良，不仅没有生气，还让姥姥一家人在他家住了几天，管吃管住，临走时又给了棉衣、帽子和一些干粮。

又经过半个月的乞讨，姥姥一家终于到达了山西灵石县姥姥的大姑家，在附近的村里定居了下来。到达山西安定后一打听，才知道姥姥的大哥所在的部队已经被派到河南林县，此后再也没有联系上。1949年中华人民共和国成立后，姥姥的父亲到河北阜平县政府打听，才知道姥姥的大哥已于1945年5月在抗日战争中牺牲，年仅28岁。

1943年冬天，姥姥的二哥被国民党军队抓了壮丁。自从在村子里落户，姥姥的父亲和二哥经常被派往外地支差，也就是到战区挖地道、修炮楼等。村里有从外地逃难来的四五户人家，那些支差、抓壮丁的，一般不会找本地人，通常就欺负几户外乡人。一天晚上，村里的狗突然大叫，不一会儿就有人敲姥姥家的门。姥姥的父母赶紧穿衣开门一看，才知是村里的保长带着几个当兵的抓壮丁来了。他们径直跑进屋找到姥姥的二哥，让他赶紧穿上衣服跟他们走，说是被抽中当兵了。尽管姥姥的母亲极力申辩和阻拦，几个当兵的还把姥姥的二哥用绳子绑上一个胳膊拉着带走了。姥姥的二哥后来加入了阎锡山的部队，1949 年解放太原时，又加入了解放军，并跟随部队南下参加了解放成都的战役。1953 年退伍回村当了农民。

姥姥小时候，在村里经常能见到八路军和阎锡山的部队。那里是个拉锯地带，八路军和国民党的部队都会来。八路军来了不打人，不抢东西，也不抓人，受到老百姓欢迎，老百姓会主动给他们送吃的。阎锡山的部队（当地称其为勾子军）来了，老百姓就遭殃了。有一次，姥姥的父母都下地干活了，姥姥和她的二姐在家推磨，当时姥姥才 6 岁，二姐 12 岁，磨了整整一上午的一箩筐白面，就让几个勾子军强行端走了。勾子军的另外一伙人在村里抓了好多鸡，还杀了邻居家的一头猪，一顿好吃好喝，下午就跑了。

1948 年夏天，麦子基本上黄了，快收割了。徐向前指挥八路军攻下了临汾，临汾解放了。阎锡山驻守临汾的部队被打得落荒而逃。当时有一小股突围的勾子军从临汾沿山路经汾西县向北逃窜。一天晚上，半夜三更的，听见村子附近枪声大作，整整响了一个多小时才停下。第二天一大早，全村的老百姓出去看个究竟，才知昨晚进行了一场激烈的战斗。村里的麦地里，横七竖八地躺着穿黄军装的勾子军，足有 100 多人。还有两匹红鬃马鞍子上搭着绸缎被子，站在死去的军官跟前一动不动。村里胆子大的人把勾子军的衣服、帽子什么的拿回了家。姥姥在麦地里捡了块肥皂。

当时的村长发动村民把那些死去的勾子军就地埋了。掩埋过程中，发现一个未死的伤员，村长派人把他和马匹一同送往乡公所。结果，那个伤员告了村民的状，说他们发国难财，抢劫国军财物。第二天乡里就来了人，到村子里见男人就抓，把姥姥的父亲和三哥也抓走了，全村抓了二十几个人，全部送到离村四十多里外的看守所。从此，姥姥的母亲和村里的十几个老太太隔三岔五地就要往看守所跑，给被抓了的人送饭。姥姥的母亲岁数大，又是小脚，跑一趟来回就得三天。姥姥的父亲和三哥被关了几个月，姥姥的母亲一直送了几个月的饭。

1949年年初，山西解放了。村子里进驻了土改工作队，开展了土地运动。姥姥家被划分为贫农，分了五眼窑洞、三十亩地、一头牛，还有衣柜等用品，日子一下子好了许多。姥姥的三哥入了党，当了贫农协会副主任。

土改工作队有队员在姥姥家住，休息时就教姥姥识字、打算盘。姥姥脑子很灵，工作队的人非常喜欢她，鼓励她一定好好上学，将来肯定有出息。1950年，村子里来了第一任老师，姓赵，在一个窑洞里创建了小学，开始招生。姥姥刚上学时没有大名，因为一生下来就逃难，远走他乡，家里人就叫她"逃逃"。赵老师说这个名字不好听，给她取了新的名字——白秀兰。窑洞里没有黑板，人们就把院子大门上的金字牌匾摘下来，请木工推平了，再用烟煤灰一刷，当黑板用。后来听说学校所在院子出过一个贡生，那块金字牌匾为朝廷所赐。姥姥只记得牌匾是金边、金字、蓝底，并不认得匾上的字。她还记得院子的大门前竖着一根旗杆，门口还有上马石。

赵老师教了不久就调走了，调来一位关老师。关老师的夫人心地善良，见姥姥脚上的鞋子很破，就把姥姥叫到她家里，用手量了姥姥脚的大小。没过几天，就给姥姥做好了一双绣花鞋。姥姥穿上这双鞋时，越看越觉得好看，一没事就瞅瞅两只脚上的鞋，心里总是美滋滋的。从此，姥姥上学的劲头更足了，每天第一个到校，主动打扫完教室后就背书写字，不论考什么她都是第一名。1954年夏天，姥姥考上了灵石中学，成了一名中学生。那时上中学的并不多，女生更少，姥姥是乡里第一个女中学生。

考上灵石中学是姥姥人生的一大转折点，她十分珍惜三年的学习时间，学习成绩一直很优秀。1957年初中毕业时，她本来可以上师范学校，但响应国家号召又回到了农村。那会儿山西正开始农业学大寨，每个村都有工作组，每天积肥、沤肥、修梯田。到了冬天，县里成立了文艺宣传队培训班，乡里派姥姥参加了两个月的培训。培训结束，姥姥回到村里就着手组织宣传队排节目，自己演女主角，还代表乡里参加了县里的汇报演出。因为演出很成功，县文教局推荐她到一所小学担任了代课教师。代教一个星期后，县文教局就批准她由代课教师转正成了正式教师，户口、粮食关系、布证（凭证购买布料）等都转到了学校。在教学之余，姥姥上了三年的函授师范，拿到了师范毕业证书。

1958年暑假期间，姥姥所在公社推荐她到县教育局参加普通话师资集训，专门学习汉语拼音和普通话，培训之后，再给其他老师和辅导员培训。参加集训的共25人，授课教师来自北京，说一口标准的普通话。一个月后，全县教师全部集中到县里，姥姥所在的集训班的25人被分到各个班当辅导教师。培训期间，培训班组建了男女教工篮球队，姥姥参加了女教工队，姥爷在男教工队。姥姥姥爷本不认识，因为在篮球队里表现都很突出，经人介绍建立了恋爱关系，走到了一起。姥爷1954年毕业于山西汾阳师范学校，分配到灵石张家庄矿山子弟学校。1955年又调到富家滩矿山子弟学校。参加培训时，姥爷任富家滩矿山子弟学校教导主任。学校当时没有校长，姥爷是学校负责人。那时候，姥爷带的毕业班，无论是升学考试成绩，还是升学率，都是山西省晋中地区第一名，所以他被提拔为学校教导主任，工资从29.5元提高到45.5元。

姥姥与姥爷的婚事，必须经过姥姥的母亲的同意。一天，姥姥接到姥爷的电话，说她母亲来到了姥爷的学校。原来，姥姥的母亲为了女儿的婚姻大事，要亲自看看未来的女婿怎么样，独自一个人靠一双小脚走了三十多里崎岖的山路，来到姥爷当时工作的学校。进了学校后，她和门卫说要找一个姓田的主任。见了姥爷后，她说自己从山上下来，要到女儿家去，口渴了想讨口水喝。姥爷一听她是河北口音，就猜到她是姥姥的母亲。于是姥爷热情招待，端茶倒水，一路把老人送到火车站上了回家的火车。姥姥的母亲对姥爷的表现很满意，同意了他们的婚事。

1958年，大部分农民都被抽去修公路、大炼钢铁，老百姓家里做饭用的锅都被拿去捣碎顶了钢铁任务，当时浮夸风盛行，"卫星"满天飞。地里的粮食有些没人收，烂在地里了。姥姥姥爷的婚礼非常简单，定在一个星期天。那天早上，姥姥还带着学生在村里收高粱，中午才赶到姥爷所在的学校。下午举行婚礼，仪式非常简单，一盘瓜子、一盘水果糖，学校乐队演奏了乐曲，来宾除了双方家里一两位亲属，其他就是学校的老师。婚礼后三天，姥姥就回到所在的中学，带着学生收秋、抬煤、炼钢铁。那时都在吃食堂，学生不用回家，回家也没饭吃，因为父母都去修公路、炼钢铁了。孩子们的脏衣服得不到及时换洗，身上头上都是虱子。劳动期间，只要休息，学生们就互相捉虱子。有次姥姥带领学生抬煤，一群狼从学生中间穿过。班里有个学生小时被狼叼过，见到狼，非常恐惧。晚上劳动时，姥姥让这个孩子紧跟着她，寸步不离。

1959年，学校恢复了正常的教学秩序，姥姥被调到了另一所学校，带高小班语文兼班主任。学校离富家滩矿山子弟学校很近，姥爷星期天就可以到姥姥学校与她团聚，他们俩算是有了个临时的家。就在这期间，姥姥怀上了第一个孩子。在那个年代，尤其像我姥姥这样以工作为重的人，怀孕只是一件平常不过的事，根本不会因为怀孕而有半点娇气，她的教学、工作没有受到一点影响。全班50名学生，学习、生活、生病之类的她全管。农忙时，还带领学生到附近农村帮忙收割、拾麦子等。姥姥的表现得到了大家的认可，那年夏天教师涨工资，其中应该调到 29.5 元这一级工资待遇的全镇有 30 多人，却只有一个名额。领导决定让群众评议投票来决定，结果姥姥得票最多，超半数以上。涨工资的指标就给了姥姥，她的工资从 21 元涨到 29.5 元。一下涨了近 10 元的工资，这对姥姥而言可是个大数目，那时每月生活费用只需 8 至 10 元，除了花销每月还能省下 15 至 20 元贴补家用。

1960 年 9 月，姥爷从富家滩矿山子弟学校调任煤矿工会任秘书，姥姥随后调入富家滩矿山子弟学校。学校安排姥姥带五年一贯制班，就是一个人承包一个班，包括语文、数学、音乐、体育、美术等课都由姥姥一个人上，而且从一年级要带到五年级。由于学校学生多，教室不够用，每个班一天只能上半天课。姥姥为了保证教学质量，下午休息时间就把学生带到篮球场，挂上小黑板给他们讲课。功夫不负有心人，姥姥带的那个班考试成绩是全矿务局第一名。

全国性的"四清运动"开始后，姥姥姥爷所在的煤矿也不例外。1962 年，煤矿工会主席让工会职工从工会互助金账户里借钱，姥爷打借条借了 100 元。不久，姥爷用发的工资还了借款，钱交给了工会会计王某文。1964 年"四清运动"时，专案组找姥爷谈话，说他没有还款，逼他还 100 元借款。有天晚上十二点多了，姥爷又被叫去谈话，没有回来。姥姥着急了，她刚生下大儿子，尚未满月，但她顾不了那么多，穿好衣服，围上围巾，戴上口罩，就跑到专案组。一进门，就看见专案组的人正在逼姥爷交代借款的事，姥姥顿时火冒三丈，冲着专案组的人就喊："我们党最讲实事求是，明明还了的钱，怎能非说没还？你们为什么不去问问王某文？难道他就不会私吞吗？"专案组组长觉得姥姥说得在理，就让姥姥姥爷先回家，第二天再说。结果从那之后，专案组再也没有追问此事。后来一打听，原来是会计王某文乘姥爷还钱时没向他索要借条，就把100元钱装进了自己的兜里。

1966年"文化大革命"风起云涌，富家滩矿山也深陷其中。矿上的生产队、生产科室、政工科室都分成了两大派，学校也同样分成了两大派，即兵团派、东方红派。

1967年，出现了武斗。姥姥为了躲避危险，带上孩子回到了村子。

回村后，姥姥把大一点的孩子送到亲戚家，让他们帮忙照看，自己带着两个最小的孩子住在村子里。姥姥将孩子分散管理，既是生活所迫，也是出于安全考虑。不多久，她的三女儿受了风寒，发高烧，到村里保健站找医生，医生连退烧药也没有，更不会输液。村医唯一想到的办法，就是给孩子头上艾灸。可是在艾灸过程中，孩子就不行了，3岁的小生命停止了呼吸。没几天，姥姥又收到亲戚来信，说大儿子被火烧伤，且伤势不轻。姥姥一夜没睡，急忙赶到亲戚家。到了一看，大儿子躺在一个用铁丝圈起的小被筒子里。他背上全烧伤了，不能仰着躺，只能趴在这个被筒里。看见妈妈来了，5岁的孩子泪水喷涌而出，娘俩抱头痛哭。姥姥打听到隔壁村里有个放羊人的家里有个祖传治烧伤的方子，效果非常好，便到这户人家讨回了药方。药方包含24味中药，外加四两蜂蜡、一斤香油。先把香油倒在铜马勺里烧热，把中药倒进去，烧上一会，再把药渣捞出来，把蜂蜡放进去，化了后就成了紫红色的膏子。用鸡毛蘸上药膏涂在烧伤处，把腐烂的部分刮下来，每两小时一次。这个药很有效，没几天烧伤处就逐渐好了。姥姥把这个药方记在一个笔记本上，后来搬家，不小心弄丢了。

姥爷参加了东方红派，但他并非骨干，也不是头头，只是给他们写点东西，从不参加武斗。可是在兵团派眼里，姥爷有文化、点子多，就给他起了个外号"黑参谋"。兵团派在煤矿占据了上风，姥爷不敢在矿上待，就跟着东方红派人在平遥活动。整个晋中地区东方红派的据点就设在平遥城内的招待所。1969年3月，姥姥坐火车到了平遥，找到了姥爷，并在一位同事家住了下来。一直到1969年7月23日，中央发布解决山西问题的"七二三布告"，明确"对回原单位的，要保证人身安全，不许歧视和打击报复。如若迫害，必须追究责任，严肃处理"，姥姥姥爷才回到矿上。

姥姥姥爷回到矿上的第二天上午，就有人来打探情况。很快就来了两个人，叫姥爷到军训班报到。姥爷住进了军训班，一个人一个单间，有专人看管。姥姥趁给姥爷送饭的机会，写了字条，告诉他外边的情况，鼓励他要沉住气、不要怕、不要想不开，只要没参加武斗，没干过打砸抢等违法犯罪的事就不会有大问题。

1969年8月，煤矿的军管组组长换成了一个北京人。这个人看问题比较客观，政策把握得比较准确。他来了后，让姥爷从军训班转到学习班，白天劳动，晚上开会写检查。姥爷每天把十几张稿纸的检查抄一遍，交给学习班班长后才能睡觉。姥爷蹲了三个月学习班，抄写了三个月检查，一支新钢笔的笔尖被磨掉了一半。

姥爷在学习班时，姥姥回到学校继续她的教学工作。学校负责人在"文化大革命"中将校长打倒，自己成了校革命委员会主任。学校老师给他起了个外号，叫"小爬虫"。"小爬虫"找姥姥谈话，让她当五年级34班班主任。姥姥痛快地答应了。后来不少老师提醒姥姥，这是"小爬虫"在故意刁难她，这个34班乱得很，一个月就换了15个班主任。姥姥冷静一想，姥爷还在学习班，不能落人口实，说她不服从分配。她决定先接下任务。

第二天上课，姥姥正在黑板上写字，就有男生从教室里往外跑，一些女生也跟着往外跑，没有往外跑的学生也在悄悄搞小动作，课堂无法维持正常秩序。姥姥决定改变这种状况，她先召开家长会，晚上抽空到每个学生家里走访，个别谈心做工作。通过一段时间苦口婆心、晓之以理、动之以情地做工作，姥姥取得了家长们的支持，学生们也慢慢地改变了。经过一学期的努力，原来考试全年级倒数第一的34班，期末考试取得了第二名的好成绩。

姥爷在学习班，姥姥忙于教学，家中五个未成年的孩子，由于没有大人看管，只能自己管理自己。有天晚上十二点，姥姥回到家，两个女儿把胡萝卜擦成丝、剁成馅后，趴在桌子上睡着了。姥姥看到两个女儿的头发上爬出了虱子，就给她们的小辫子解开，拿篦子一遍一遍往下梳，梳下来很多大小不等的虱子。此时，姥姥心里阵阵酸痛，眼泪流满了双颊。还有一天中午，天气特热，姥姥在回家的路上，正好碰到没人看管、一个人在街道上玩耍的我二舅，那时他才2岁多。二舅看见姥姥，一下子跑过去抱住她的腿，姥姥把他抱起来，一摸脑袋，发现他正在发高烧，手脚冰凉。姥姥赶紧将我二舅抱到医院，还在排队挂号的时候，我二舅突然脖子向后一仰，手足抽动起来。医生过来，急忙接过孩子，给孩子虎口、脚心扎上针。不一会儿，我二舅停止了抽动，哇的一声哭了出来，医生和姥姥都长出了一口气。

1970年10月，矿上召开全体干部会议，军管组组长做动员报告，强调农村广阔天地大有作为，鼓励干部上山下乡走"五七道路"。姥姥听了动员报告后，回到家和姥爷商量，两人想法不约而同，都认为这次逃脱不了，非走不可。姥姥和姥爷思忖，搞了一年运动，什么问题也没抓住，兵团派本来就有气，肯定会利用这次机会想尽办法把东方红派的干部赶走，而且这一次是走"五七道路"，人人必须积极响应，不需要理由。更何况每个上山下乡的干部都戴着红花敲锣打鼓地被送走，东方红派的干部觉得这是个机会。主意已定，姥姥和姥爷立即写了申请，决定到农村去，当一名"五七战士"。

申请一写，立马就被批准。全矿召开欢送会，姥姥和姥爷带着孩子们，正式离开富家滩矿山，回到了原来的槐树原村插队，孩子们的户口全部转成农业户口。回到村里，干部和乡亲们都是熟面孔，对姥姥一家非常友好，处处照顾有加。乡亲们这家送来两棵白菜，那家送来一筐鸡蛋或一袋小米，一家人的生活很快就走向正轨，心情也好了许多，不用担惊受怕了。姥爷当上了宣传队队员，天天在外奔忙，姥姥在家里看孩子、做家务。不到两个月，中央新的文件精神下来了，双职工插队干部的子女全部恢复市民待遇。姥姥的几个孩子刚刚转成农村户口，又恢复了市民待遇。

一天，乡里文教委员来串门，进门寒暄几句后，直截了当地对姥姥说："你们这插队的，听说工资只发两年，两年后就变成农民了，我看你不如现在就去学校当个民办教师，将来还有机会转正。"姥姥觉得蛮有道理，谁知道两年后又会是什么政策呢，总不能一辈子在家带孩子吧，于是就去村里学校当了代课教师。姥姥本来就是正式的人民教师，现在又成了代课教师。学校有一到五年级，只有三个老师、两间教室，二、三年级一个教室，一、四、五年级一个教室。姥姥带一、四、五年级的语文兼班主任。三个年级在一个教室，上课只能先给一年级讲，再给四年级讲，最后给五年级讲。一个年级上课时，其他两个年级就做作业。姥姥很努力，她带的五年级升初中考试，在全乡排名第一。

由于是借人家的窑洞住，加上人口多，住房非常紧张。姥姥姥爷在1971年春，开始修建自家的窑洞。一共修建了三间大窑洞，安了玻璃窗，家里非常敞亮。姥姥姥爷利用业余时间，带领几个孩子，又把窑洞门口铺了砖，还铺了通往厕所、大门的引道。他们每天看着新窑洞，心里美滋滋的，乐开了花，感觉比在矿上工作、生活幸福多了。在农村，服务设施没有矿上全，很多方面需要自给自足。姥姥自己学会了打针，孩子们有个感冒发烧，买了药自己就可以给孩子注射。姥爷买了把理发的推子，不仅给自家人理发，还给村民们当起了义务理发员。他们还养了鸡、猪，院里种了菜，吃不完的就送给左邻右舍。利用业余时间，姥爷组建了乡篮球队，在全县比赛中得了冠军。姥爷在村里修了乒乓球台子，手把手教年轻人打乒乓球。他还在村里成立了文艺宣传队，演出样板戏《沙家浜》《红灯记》等。此时的姥姥姥爷打心眼里喜欢上了农村生活，真心觉得农村真是广阔天地、大有作为！

1972年冬天，根据中央文件精神，在农村插队的干部陆续回城。汾西矿务局在介休举办了插队干部回城学习班。姥姥姥爷接到通知后，到介休参加了一个月的学习班。学习班上大家谈体会、讲感受，最后让大家报名回哪个单位。姥姥姥爷在选择工作单位时，担心回富家滩矿山仍受兵团派欺压，就报了还未投产的大型煤矿高阳煤矿，结果真的被批准了。1973年年初，姥爷先到高阳煤矿报了到，分了房。高阳煤矿派车到村里帮忙搬家，临走时村里的乡亲们、学生们都来欢送姥姥姥爷一家，大家依依不舍，有些学生还掉下了眼泪。

高阳煤矿在当时是一个现代化大型煤矿，年产量120万吨。姥姥到矿上上班时煤矿尚未投产，她被分配在宣教科，分管教育和知青工作，但矿上没有学校。随着矿井投入生产，从各矿调入高阳煤矿的工人越来越多，家属也跟着过来，孩子们上学成了大事。家长们眼看孩子没学上，很是着急。姥姥管教育，心里更着急。她大胆地找到煤矿党委书记，要求搭建一个临时学校，以解燃眉之急。书记立即表态支持。仅用了一个月的时间，临时教室、办公室就搭建起来了。指定了两名临时负责人，聘用了十几名高中毕业生当代课教师，学校就开课了。后来高阳煤矿子弟学校正式成立，临时学校完成了历史使命。

姥姥来到高阳煤矿后，怀上了第七个孩子，也就是我的母亲。由于孩子多，生活的重压让姥姥有些喘不过气来。刚怀孕两个月，姥姥就想到矿务局医院将孩子处理掉，但医院的大夫检查后提醒说，孩子发育良好，最好不要处理。从医院回来后，姥姥还不死心，又到高阳镇找中医开了三服打胎药，结果吃了三服药，也纹丝不动。她又按照民间方法，用麝香、扎针等办法，但都没有效果。1974年农历2月2日，姥姥生下我的母亲。据说，母亲小时候聪明懂事，七个月大时就能用手比画10个数。4岁时，正上幼儿园的她，听广播说学校一年级开始招生报名，她就缠着姥姥给她去报名。姥姥就领着母亲到学校报了名，但姥姥想，学校比较远，来回靠走路，上不了几天，她自己肯定就不上了。没想到，母亲越上越带劲，语文、数学成绩都很好，字也写得非常好，一直坚持了下来，16岁就考上了大学。

1977年国家恢复高考制度，给姥姥姥爷这个家庭带来了巨大的变化。当时规定，只要在35周岁以下的青年，不论男女、婚否，都可报名参加考试，废除工农兵上大学推荐保送制度。姥姥从报纸上看到，1977年江西赣州有一个叫宁铂的13岁少年，初中刚毕业就考上了中国科技大学少年班。她受此启发，决定让我14岁的大舅也试试。1978年6月，大舅以第一名的成绩考上了高阳煤矿高中，7月，姥姥就给他报名参加高考，这是全国第一次统考。姥姥托在北京工作的表姐买了一套高考自学丛书寄来，让大舅自学。当时矿上没有高中老师，姥姥就请技术科的两位工程师帮大舅辅导数理化。如果还有弄不懂的题，就攒在一起，星期天由姥爷骑车带着大舅到镇上高中请教老师。每次姥爷和大舅带上两个烧饼，充当中午饭，晚上七八点才能回到家。

　　大舅参加高考的第一天，监考老师一看大舅年纪太小，不让他进考场。送考的姥姥赶紧过去解释，监考老师说，这是考大学，小孩进去干吗？姥姥赶紧让大舅出示了准考证，老师看了看说："还没脱奶气，倒要考大学了，第一次见，进去吧。"没想到，大舅不负众望，顺利考取了太原重机学院，成了高阳煤矿第一个通过高考上大学的大学生。1978年，全国参加高考的人数达610万，录取人数40.2万，录取率仅为6.6%。大舅没有上过高中，第一次参加高考，就顺利考上，当时在高阳煤矿上引起了不小的轰动。1979年，我大姨考上阳泉卫校医士班，二姨考上晋丰中专技校。一家两年内三个孩子考上高校，当时在矿务局是第一家。吕梁日报社为此对姥姥进行了专访，问她如何培养孩子，她回答说："家里孩子多，必须严格管理和教育，不听话时就揍。"采访的记者听了哈哈大笑，采访稿刊登在《吕梁日报》上。

　　1979年4月，姥爷的工作再次调整，被调到国有水峪矿工会任副主席。1983年1月，姥姥调往水峪矿计生办，任代主任。从此，姥姥姥爷都离开了教师行业，到水峪矿担任了中层干部。姥姥调往水峪矿计生办，正赶上轰轰烈烈的计生活动服务月，全局上下搞得热火朝天。姥姥每天忙忙乱乱，整整两个多月。一季度结束后，验收总结，水峪矿计生工作排全局第一名。1983年5月，水峪矿领导班子大调整，退的退，下的下，几乎一个不剩，新换上来的都是原来"文化大革命"期间兵团派的一伙人。姥姥姥爷原来是东方红派，自然得不到重用。姥爷调入水峪矿时，在矿上的小红楼分了一套110平方米的三居室房子。但只有两间屋子能住人，一间大屋和储藏室被矿长张某的妻子放了东西。姥姥姥爷找矿领导多次反映，但无济于事。姥姥主动给张某的妻子打电话沟通，让她来搬东西，如果没人搬，可以找几个人帮忙搬，对方却啪地挂了电话。不久，矿务局纪委书记一行到水峪矿检查工作，姥姥当面向他们反映房子的情况："张某是矿长，但他不是房子的主人。房子是国有资产，不是他的私有财产。作为矿长，不能抢占老百姓分到的房子吧？"纪委书记听了立马表态："你反映的情况如果属实，我们今天就督促他们尽快解决。"一个星期后，张某的儿子果然来把东西搬走了。但好景不长，仅过两个月，有人给姥姥传来消息，说姓郭的副矿长分了姥姥的房子，要让她搬家。一天，姥爷被一位矿领导的电话叫走。姥爷走后几个小时没有回来，姥姥心里犯了嘀咕，是不是在说房子的事呢？姥姥急忙跑到那位矿领导的办公室。见姥姥进来，那位矿领导嬉皮笑脸地对她说："你来得正好，咱们一起说说房子的事。你们住的房子大，属于超面积，超出部分每月都要交钱，你们家人口多，经济比较困难，为了照顾你们，经领导研究决定，让你们把现在住的房子交出来，换套小一点的，你看咋样？"姥姥回答："不咋样，我不同意，我们家人口多，小房子住得下？这是分房子，又不是在割豆腐，多了割一块，少了添一块，如果全矿所有超面积的都交钱，我也交。但前提是，政策面前人人平等，一视同仁！"说完，姥姥拉上姥爷离开招待所回到家中。从此，没有人再找姥姥提房子的事，但也彻底地得罪了当时的矿领导。又过了六年，水峪矿领导班子再次调整后，姥姥姥爷才得到公正待遇，姥姥被任命为计生办主任，姥爷被任命为工会主席。一直到1996年，姥姥姥爷从水峪矿退休。

1987年，我二舅高中毕业后考上了医学院临床医学专业。那年汾西矿务局有三个医学院的指标，但矿务局没有公开。姥姥从老同学山西省招生办主任处得知此信息。姥姥想，我们是矿务局职工，孩子是山西省优秀学生干部，为什么不能走这个指标呢？姥姥赶到汾西矿务局，找到分管教育的领导和局长反映情况，但矿务局领导说，已经太迟了，帽子下边有人头了，没有办法调整了。姥姥据理力争，告诉他们可以找省招生办进行协调，矿务局领导只好答应只要省招生办能调整，就可以腾出一个指标。姥姥又返回山西省招生办，在省招生办主任的协调下，二舅顺利拿到医学院的录取通知书。

二舅在大学里表现很优秀，大二就当上了校学生会主席。1991年被评为全国"五四"青年，《中国青年报》曾刊登过他的事迹。在大学期间，加入了中国共产党。大学毕业时，被评为河北省优秀毕业生。1992年7月毕业后，二舅被分配到廊坊市人民医院。目前是廊坊市人民医院神经外科主任，二舅妈是廊坊市人民医院儿科副主任。

1989年，三舅考上山西财经大学会计系。毕业后分配到一家煤矿企业的财务科。1992年邓小平南方谈话后，深圳发展迅速，大量招纳人才，全国各地很多年轻人被吸引到深圳。1994年，三舅来到深圳，一直在银行系统工作至今。

1990年，我母亲考上山西财经大学会计系。1994年大学毕业，又顺利考上东北财经大学会计专业硕士研究生，与父亲是同班同学。研究生毕业后，母亲被分配到北京化工大学会计系任教。一年后，母亲加入一家国际四大会计师事务所，成为一名注册会计师。2002年，母亲入职中国铁路通信信号研究设计院。这是中国铁路通信信号集团公司下属的企业，中国铁路通信信号集团公司是一家中央企业，在国内铁路通信行业，特别是高铁通信信号方面处于国内领先地位。因为有大学教授会计学的理论基础，又有国际四大会计师事务所从事审计的实务经历，母亲在公司里能够发挥重要作用，深得公司领导的信任和重视。一年之内，她两次得到提拔，从财务处副处长升为财务处处长，又升为副总会计师。一年之后，原来的总会计师退休，母亲顺利接任总会计师。几年之后，母亲调任一家国有上市公司任监事会主席和总法律顾问，并兼任审计部部长。

母亲兄弟姐妹中，除了大姨毕业后回到水峪矿工作，其他几人大学毕业后，都从事了不同的职业。当初，姥姥的一些同事还提醒姥姥说，几个孩子都上大学，到外地工作，将来身边没有人照顾，不是一种很好的选择。以前煤炭是紧缺资源，煤炭企业效益好，在煤炭企业工作是很令人羡慕的。很多私营煤炭企业的老板，被称为"煤老板"，非常富有。姥姥的亲属中，也有不少"煤老板"，他们多在北京买了房子。但这些年，随着中国经济转型，煤炭行业产能过剩，煤炭的价格一路下滑，煤炭企业的效益一落千丈，甚至出现严重亏损。姥姥原来所在的水峪煤矿，也经常发不出工资。这种情况下，如果一家两三代人都在矿上生活，甚至都在矿上工作，生活将相当困难。当初曾经提醒姥姥姥爷应该把孩子留在矿上的人，纷纷打来电话，称赞还是姥姥姥爷有眼光，让孩子们通过读书离开了煤矿。

我的三个舅舅和两个姨的孩子，与上两代长辈相比，所受的教育、所从事的工作又发生了很大的变化。大舅的孩子从美国读完硕士回来，在一家全国性金融机构董事会办公室工作。二舅的儿子决定子承父业，目前在首都医科大学临床专业学习。三舅的女儿就读于深圳一家国际学校，已经拿到英国和美国大学的OFFER（录取通知书），正在准备出国留学。大姨和二姨的孩子大学毕业后，也都来到北京工作。母亲家族的三代人，随着中国经济社会的发展，在向上流动的过程中，也实现了三级跳。姥姥姥爷一代从新中国成立前的逃难要饭，到新中国成立后成为人民教师、国有煤矿企业的职工。母亲一代通过上大学走出了煤矿，走上了不同的工作岗位，大多从事了不同的职业。而我们这一代的六个孩子中，接受的教育更国际化，更专业化，学历层次普遍更高。观察父亲和母亲两个家族，他们分别代表农民和工人两种不同的家庭出身，在中国家庭的样本中，这是两个最具代表性的家庭。通过这两个家庭的发展变化，可以有效观察中国经济社会发展变化的路径、动因、曲折以及产生的效果。

1996 年姥姥姥爷退休后，先后在二舅所在的廊坊、三舅所在的深圳、大舅所在的宜昌生活了一段时间，感受了南北不同的自然环境和风土人情。2003 年我出生前，姥姥姥爷来到我家，照顾怀孕的母亲。我出生后，一直到小学二年级，姥姥姥爷一直与我们一起生活。

我小时候身体不好，经常生病。因为有次感冒发烧时出现了惊厥的症状，此后每次感冒，姥姥都很紧张，总是密切关注着我的体温，想尽一切办法帮我降温退烧。我一岁多时，有次在连续高烧几天后，病情明显好转。姥姥考虑到我几天没怎么吃东西，一大早起床后，就到超市里给我买吃的。在超市里，姥姥不小心踩到了地面上的一摊水摔倒了，当时坐在地上起不来。后来到医院检查，发现股骨头骨折，做了人工关节置换手术。手术很成功，经过几个月的康复锻炼，姥姥逐渐丢下双拐、手杖，能够正常走路和上下楼梯。姥姥为了我，受了这么大的痛苦，对此我铭记在心。

姥姥姥爷照看我时，他们有明确的分工。姥姥负责做饭，姥爷负责洗衣拖地；姥姥负责教我识字算术、画画、唱歌，姥爷负责带我出门运动，逛公园、动物园。在我小的时候，我们家在北京展览馆旁边，离北京动物园非常近，姥爷几乎天天带我去动物园，那里是我最喜欢的地方。2009 年我上了小学，姥爷负责接送我上下学。2010 年我上小学二年级时，一天姥爷接我放学，在回家的路上，姥爷明显感到胸闷。没过几天，姥姥晚上突然发烧，姥爷急忙下楼去药店买药，因为走得稍快，他感觉胸闷、憋气。二舅得知这些情况后，出于医生的职业判断，他认为姥爷可能是心绞痛。在二舅的安排下，姥爷到医院接受了检查，发现心脏的几根大血管已经堵得很严重，医生建议抓紧做搭桥手术。一个月后，姥爷在北京阜外心血管医院做了搭桥手术。姥爷病好出院后，回到廊坊养病。在姥姥的精心照顾下，姥爷恢复得很好，脸上红光满面，体重也增加了一些。

谁知好景不长，姥爷术后不到两年，在2012年9月的一大，他突然心衰，极度贫血。住院输血、检查，心脏倒没问题，但肝、胆、肺都有问题。后来查出肝纤维化、胆管堵塞、胰腺有积液，最后被诊断为胰腺癌。在北京治疗一段时间后，姥爷病情恶化，出现严重的肝脓肿。根据医生建议，姥爷从北京的医院转至廊坊市人民医院治疗。姥爷在医院治疗期间，我陪父母多次去看望他，病中的姥爷被病痛折磨得很痛苦，但他每次见到我时，总亲切地问这问那，非常关心我的成长。2013年7月，姥爷病情再度恶化。我们去医院看他时，他正在输液，身体极度虚弱，呼吸很短促，说话有气无力。姥爷满头银丝，皮肤很白，身体好时，很有气质。但躺在病床上的他，头发凌乱，皮肤发黑，黑得令人揪心。可能是肝胰积液的原因，姥爷的肚子明显胀大。我小心翼翼用手摸了摸姥爷的肚子，轻声地问他："姥爷，您疼吗？"姥爷无力地摇了摇头。又过了一段时间，母亲接到二舅的电话，姥爷肝腹水严重，需要马上做手术，而且手术的风险非常大。那天正好是周末，父亲立即开车拉上母亲和我，直奔廊坊市人民医院，想赶在姥爷进手术室前见他一面。但那天北京雾霾严重，车到高速路口时，高速路已被关闭。父亲只好掉头下高速，走省道。路上雾大，车速上不来，母亲担心赶不上见姥爷一面，急得流眼泪。父亲一声不吭，专注地开着车，争分夺秒跟时间赛跑。好不容易到了医院，我们直奔手术室门口，姥爷正好被推到手术室门口，他朝我们无力地看了一眼，嘴角动了动，我们目送他被推进了手术室。几个小时后，手术做完，姥爷平安。2013年10月29日晚，姥爷转入重症监护室，上了呼吸机。在转入重症监护室之前，姥爷要了一张纸，使尽全身力气，在上面歪歪斜斜地写下了三条遗嘱：

（一）不治疗了，咱回家吧；

（二）我走后，孩子们一切要听妈妈的；

（三）我很满足，儿女都孝顺，没有任何遗憾。

在姥爷生病住院期间，母亲兄弟姐妹轮流陪伴他，跑前跑后，喂水喂药，端屎倒尿，姥爷很满意，医院里的医生也很羡慕姥爷有这么多儿女。再好的治疗和护理，最终没能挽救姥爷的生命。2013年11月12日晚上十一点四十五分，姥爷撒手人寰，享年77岁。

2013年11月12日下午，母亲赶到了医院，在最后时刻陪伴在姥爷身边。我和父亲留在家里，随时等待母亲的电话。傍晚时分，父亲告诉我："姥爷可能今天难以过去，医院下了病危通知。"我虽早有心理准备，但仍接受不了这样的现实。我回复父亲："不要太悲观，或许医生还有办法！"说完，我一个人走到阳台上，关上阳台与客厅之间的玻璃门，看着天空上缺了一小半的月亮，静静地呆立着，大脑里涌现出跟姥爷在一起的许多画面，他躺在病床上虚弱的镜头一幕幕从脑海里滑过。我知道死亡的含义，知道它意味着什么。但我仍然不断问自己，姥爷真的好不了了吗？去世后他会去哪儿呢？真的有天堂吗？他会去天堂吗？从此再也见不着他了吗？他还会关心我们吗？还会知道我所取得的进步吗？如果再也不能见到陪伴了我十年的姥爷，再也听不到姥爷亲切地呼喊我名字的声音，我怎么能够接受？我抬着头，看着天上几颗若有若无的星星，眼泪顺着我的脸颊流了下来。

父亲半夜时分得到姥爷去世的消息，但他没有告诉我。第二天早上，他还像往常一样将我送到学校后，便一个人去了廊坊。下午放学后，在学校门口接我的是表哥。他告诉我，姥爷去世了，他开车带着我一起去廊坊。表哥的车直奔廊坊殡仪馆。一进灵堂门，我看见母亲、父亲、舅舅、姨妈……都肃穆地站在那里，中间放置着一个冰棺，姥爷躺在里面。此时，我的泪水喷涌而出，号啕大哭，姥爷真的走了！母亲紧紧抱着我，她的泪水滴在我的脸上，我禁不住冲她大吼起来："昨天晚上为什么不告诉我？""怕影响你今天上课……"我在姥爷的冰棺前跪下，磕了三个头，烧了三炷香。

从殡仪馆往回走的路上，我感觉还像做梦一样，不相信这是现实，我使劲地掐了自己，没有什么感觉。我又让父亲掐我一下，看着父亲疑惑的眼神，我明白这不是梦境，而是现实。我的眼泪再次流了下来，父亲安慰我："我们要接受现实，姥爷去世了，他再也不用在身上插着各种各样的管子，不用天天忍受病痛的折磨了。"是的，姥爷去了天堂，再也不用忍受病痛的折磨了。我想通了，眼泪慢慢止住了。

姥爷从我出生时就一直陪伴着我，整整十年。在这十年里，姥爷的形象深深地刻进我的记忆里，永不会磨灭。他的一言一行深深地影响着我，影响着我的性格、我的行为。姥爷心地善良、忠厚老实，爱好广泛，喜欢书法、绘画、乒乓球、篮球、跳舞、太极拳等。在小区里，只要能够帮助别人的地方，他都极力帮忙，每天都组织小区里的爷爷奶奶们跳舞、练剑、打太极拳。姥爷曾是汾西矿务局篮球队、富家滩矿篮球队主力队员，参加比赛还获得过全地区第一名的成绩。姥爷吹拉弹唱样样都行，在我练习二胡期间，姥爷经常陪我练习，手把手教我识谱和技法，使我进步得很快。

姥爷去世对姥姥打击很大，她感觉像做梦一样，难以接受这个现实。一段时间，姥姥天天以泪洗面，不思饮食。姥姥姥爷一生相濡以沫、互敬互爱，一起走过了五十五个春秋，一共生育了七个子女，除了当时医疗条件差夭折的一个外，其余六人都接受了高等教育，在当时那个年代可谓辛苦之极、非常少见。我为有母亲这样的家庭感到自豪！

四 我的童年

　　我出生于 2003 年。母亲怀我的时候，正赶上北京非典病毒肆虐，那是一段非常艰难的时期。非典（SARS），是指一种严重急性呼吸综合征，2002 年在广东发生，2003 年春夏期间肆虐于北京。据母亲回忆，2003 年 3 月 15 日，北京大学人民医院急诊科收治了一名从香港探亲回来的患者，造成该院大量医护人员和病人感染。人民医院附近的中央财经大学、北京交通大学都出现感染病例。当时父母住的小区离人民医院仅百米之遥，同一住宅楼里也出现了感染病例。为了避免交叉感染，父亲母亲的单位全部放假，在家自我隔离。

　　母亲怀着孕，需要到医院进行定期检查。医院可能接诊发烧的病人，存在交叉感染的风险。母亲每次上医院检查，都提心吊胆。由于没有买车，又不敢打出租车，母亲每次都在父亲的陪同下，步行几公里到医院接受检查。

　　中央政府和北京市政府采取了果断措施，抗击非典取得了明显效果。5 月 17 日，北京大学人民医院解除隔离。5 月 29 日，北京首现非典零纪录。6 月 1 日，北京市防治非典指挥部撤销。父母回忆起这段历史，仍心有余悸。

　　我出生在北京市妇幼医院。我的名字是父亲在我出生前就取好的，由于不知道是男孩还是女孩，他准备了一个男孩名字，也准备了一个女孩名字。我名字中的"澍"，是及时雨的意思。听姥姥说，我出生之前，本来是大晴天，艳阳高照。姥姥坐在医院的休息室里，因有些担心而紧张，将一杯水打翻，弄湿了她的裤子，她就坐在阳光下晒。就在母亲被推进产房后不久，突然下起雨来。雨过天晴后，我顺利出生，被护士抱了出来。一家人对我的名字非常满意，正好应了当时的场景。

父母在我的成长过程中，在一个本上记录下了我的成长纪事：

9个多月时我开始会叫爸爸妈妈。

1岁半时会唱儿歌《东东是个胆小鬼》，还跟着大人唱流行歌曲《两只蝴蝶》。

2岁时一天晚饭后，看到姥姥躺在床上，我走进房间问候姥姥："姥姥，您怎么了？"走出房间我又跟妈妈说："妈妈，你去看看姥姥怎么了。"2岁多时，听说父亲要出差，我便抓紧时间跟父亲玩，妈妈让我喝水，催了两遍我也没有喝，后来妈妈生气了。我赶紧喝了水，并主动走到妈妈跟前说："妈妈，宝宝喝水了，您不生气好吗？"并亲了一下妈妈，母子和好。

3岁时，父亲生病发烧，躺在床上，妈妈弄了水果让我吃，我用牙签扎了一块水果就往卧室走，妈妈问我干什么，我答："送给爸爸吃，他生病了。"凌晨两点，我从梦中惊醒，妈妈问我怎么了，我回答："爸爸生病了，我梦见没有人照顾他。"

4岁时的一天，一家人正在吃饭，我想起《功夫熊猫》的台词，问道："英雄不能只看外表，是吗？"妈妈说："是呀，要只看外表，我就不会选择你爸了。"我听了，很不高兴，就用手打了一下妈妈的胳膊。父亲高兴地说："谢谢儿子！替爸爸出气了。"我马上说："我不是给你出气，我是怕妈妈打嗝，给她拍拍。"

5岁多时，我们一家三口吃面条，妈妈花2元5角从超市里买回来的手擀面，有点不够吃。妈妈说："过去，我们仨2元钱的面就够了，今天怎么不够了？物价涨了吧？"我应声道："是的，物价上涨了。电视里新闻说了，要稳定物价，国家需要改革，只有改革才能更好地发展，老百姓的生活才会越来越好！"父母看着我，说没有想到我看电视，真没白看，能够从面条上升到国家改革。

当然，那本纪事里也记录了不少我的糗事。2006 年 5 月，父亲带我去幼儿园报了名，在场的几位老师非常和蔼可亲，给我留下了很好的印象，心里对上幼儿园满怀期待。2006 年 9 月 1 日，父亲把我送进幼儿园时，迎面碰上黑皮肤的外教托马斯，他又黑又高大，我觉得好像是一头大猩猩直奔我而来，吓得我转身拔腿就跑，一下子冲出了幼儿园的大门。幼儿园的老师赶紧跟着跑出来，将我抱了回去。托马斯教我们英语，经过一段时间的相处后，我渐渐发现他非常幽默风趣，他的课很受小朋友们喜欢。

上幼儿园期间，我经常生病，一生病就会休息一两周，幼儿园里学习的内容总会落下不少，考试成绩很受影响。一天，我一回家便主动向妈妈交代："妈妈，今天发生了一件令人难忘、十分不堪的事。"妈妈问："什么事？"我回答："今天考算术了，老师出了 5 道题，我只有第一道题是对钩，其他四道都是叉。"五道题一共 100 分，我只得到了 20 分。这是我考试历史上的最低纪录，此后再也没有打破过。

我小时爱看书，父亲买回来大量的书供我阅读。父亲回忆，他上学前，根本没有书看，也没有人教他识字。上小学后，除了课本，基本上没有课外书可看。有一次，他的哥哥不知从哪里借来《基度山伯爵》，父亲趁哥哥不看时，就拿来看。他被这本小说深深吸引，爱不释手。看到一半时，哥哥将书还了回去，父亲十分沮丧，遗憾至极。上大学后，父亲到学校图书馆里借的第一本书就是《基度山伯爵》，一口气将其看完。为了弥补他小时的遗憾，父亲给我买了许多书，而且陪我一起阅读。由于看书多，我从小积累了一些文学功底。4 岁多时，看着窗外的疾风骤雨、电闪雷鸣，我能即兴吟出"冰，裂缝了。火，燃烧了。只有我，暴风雨，还活着！"的句子，父亲称之为"现代诗"。6 岁时，我开始换乳牙，最先掉下的一颗门牙，正好掉进我喝水的杯子中。看着掉进水杯中的大板牙，我吟出打油诗"张口问横牙，板牙掉下去。只在此杯中，杯深不知处。"

小时候最遗憾的事，就是因为生病住院错过了 2008 年奥运会。2008 年 8 月 8 日奥运会开幕当天上午，父母带我去参观奥运会主会场——鸟巢。鸟巢外面的广场上人山人海。有一家人用轮椅推着一位百岁老人，老人脸上画着中国国旗，手中挥舞着奥运会会旗。有个跟我差不多大的小男孩，发型非常别致，是一枚奥运会会徽，很多媒体记者围着他拍照。但我却打不起精神，两条腿像灌了铅一样，沉得走不动路。妈妈注意到我的情况，赶紧带我往回走。回家后，用温度计一量，我在发高烧。一开始以为是感冒，吃了几天感冒药，但不见好转。几天后，父母带我去北京儿童医院检查，化验结果显示，我是 EB 病毒感染。这是一种传染病，需要住院治疗。我被医院留下，直接住进了病房。父母将我送进病房，病房里有两张床，只有我一个病人。病房的窗户又高又小，房间里光线很暗，有点牢房的感觉。父母非常担心我的病，更担心我第一次离开家，在病房里吃不好、睡不好，难以适应医院的环境和生活。医院规定的探视时间结束了，医生开始催促父母离开，我虽然不知道如何面对一个人在病房里的生活，但还是向父母保证："爸爸妈妈，你们走吧！我一定会听医生的话，配合治疗，请你们放心吧！"父母一步三回头地离开了医院。

白天有医生和护士经常过来检查、打针喂药，时间过得挺快。但到了晚上，病房里灯熄灭后，我一个人躺在床上，看着窗户外的一小片夜空，那种恐惧和孤独感让我不敢闭眼睡觉，生怕睡着了从窗户外进来什么鬼怪。我从未离开过家，从未离开过父母，从未一个人面对漫漫长夜。我瞪大眼睛盯着那扇小小的窗户，想象着种种可能的不测。这时候，我想到了奥特曼，如果有一个奥特曼在我身边那该多好啊！如果我有奥特曼一样的力量，那我就不怕任何鬼怪了！

　　医院规定每周二下午可以探视。父母来探视时，我正坐在病房中间的一只小板凳上，昂着脑袋看墙上的电视里正播着的《猫和老鼠》。一见父母进来，我一下扑了上去，哇的一声，委屈地哭了。妈妈抱着我，眼泪顺着她的脸颊流下来。我看着妈妈说："妈妈，我爱你，我听医生的话，但我没有你想象的坚强。"妈妈说："你已经很坚强了，比我想象的更懂事、更坚强！"妈妈给我带来苹果，爸爸打开熬好的鸽子汤让我喝。我悄悄告诉爸爸我制订的逃跑计划：趁门卫不注意时悄悄溜出病房，来到大街上，打个出租车到我们的小区。一看爸爸露出担心的眼神，我赶紧告诉爸爸，请他放心，这只是一个计划，不会付诸实施的。父母临走时，我让他们留下电话号码，写在我的小本子上。在此后的一周时间里，当我特别想念父母时，就会借用护士阿姨或打扫卫生的阿姨的手机，给父母打个电话。每次电话里，都是我说话多，向父母汇报我的治疗情况，父母除了问问情况或说几句鼓励的话，似乎一直在哭泣。等我出院时，奥运会已经结束，父母原来给我准备了观看几场比赛的票，但都没有派上用场。

　　6岁时，我盼着上小学。2009年春节刚过，父亲上班第一天，我便催促他去联系上学的事。晚上父亲回来，跟我说："孩子，如果今年上不了学，你就在幼儿园里再待一年好吗？"我回答："我不能再待幼儿园里了，别人会嘲笑我，说我这么大了怎么还在幼儿园。所以，我要上学，要好好学习，要取得好成绩，让人家羡慕我、崇拜我，而不是嘲笑我。当然，人家羡慕我、崇拜我，我也不会自以为是、得意忘形的。"接着，我给父亲讲了《卖油翁》的故事：楚国有一个人武功高强，自以为是，非常得意。一天，他碰到一个卖油的老爷爷，老爷爷把一枚铜钱放在瓶口上，然后往瓶子里倒油，钱眼都没有淋上油迹。武艺高强的楚国人看傻了，他可做不到。父亲对我借用典故感到意外，对我这样强烈要求上学更是感到惊诧。

2009 年 9 月 1 日，我上了北京第二实验小学。对小学生活，我有个适应的过程。一天放学时，我没有将羽绒服拉链拉上，班主任老师催了我三遍，我仍然没有拉上。其实，我觉得外面并不寒冷，每次严严实实地穿着外套，走在回家的路上，反而觉得有点热。但班上的同学都按照老师的要求把外套拉链拉上了，班主任批评了我。我觉得有些委屈，也很没有面子，一下子没有控制住，眼泪流了下来。班主任以为我不接受她的批评，跟她闹情绪，就将此事告诉了妈妈。妈妈下班回来后，专门找我谈了话，希望我能正确理解老师对我的要求和批评，她是怕我着凉感冒。妈妈鼓励我，作为男孩，应该坚强，不可以轻易流泪。第二天上学后，我向班主任老师道歉，说了"对不起"，老师微笑着给了我一个大大的拥抱。

小学的生活丰富多彩，不都是枯燥的学习。学校经常组织义卖，在学校里搭建起临时小集市，同学们拿出自己用过的玩具、书箱和其他物品，卖给同学们，得到的钱就捐给贫困地区的儿童。有一次义卖，我准备了一个蘑菇形玻璃罐，里面装上一管铅笔芯、两块漂亮的橡皮，还有一支非常精致的水彩笔。从家里出发前，我就标上了价格：15 元。在义卖时，整个市场上都是一些小物品，标价基本上都低于 10 元，我这件玻璃罐标价 15 元，成了最贵的物品。过了很长时间，我的东西无人问津。我意识到了问题所在，大家注意的是我这个玻璃罐，没人注意里面还装有几件物品。我赶紧把里面的东西倒出来，按件标上价格，水彩笔 4 元，橡皮 2 元，铅笔芯 2 元，玻璃罐 9 元。结果这几件东西很快就卖掉了，总计收入 17 元，比原来的 15 元还多出 2 元。看来仅靠货真价实远远不够，商业模式、销售方式似乎更重要。放学回家，父亲问起我的义卖，我把临时改变销售策略的情况告诉他，他夸赞我能够见机行事，有商业头脑。

每天放学，二姑负责接我。一天，二姑和我等公交车，公交车来后我们同时上车。通常我上车后，都主动挤到后车厢。二姑行动没有我方便，会随后跟到后车厢。那天车上人特别多，我刚站上公交车，又被人挤了下来，车门关上之前，我再也没有挤上去。公交车开走后，我没有发现二姑。原来在我被挤下来时，已经上车的二姑并没有发现，以为我像往常一样挤到后车厢了。下一辆公交车紧接着就来了，但我的公交卡在二姑手里。我决定一路走回家。时值深冬，天黑得很早，加上天气寒冷，风很大，我知道回家的方向，但走在路上还是有些害怕。我发现有几位中学生在结伴同行，便快速追上去，紧跟在他们身后，一同前行。大概 40 分钟后，我回到家，父亲一开门，发现我一个人，很是诧异。我赶紧问："二姑回来了没有？"父亲："没有啊！怎么了？"我上气不接下气地说："坏了，我跟二姑走散了。"父亲赶紧打二姑的电话。二姑在车上没有发现我时，便赶紧在下一站下了车，还在沿街寻找我。接到父亲电话后，知道我已安全回家，她的眼泪一下就下来了，接电话的声音也颤抖起来。她正矗立在冰冷的北风中，无望地搜寻着街上的人群，脑海中一片空白。那天晚上，我写了一首打油诗："天澍坐公交，被人挤下来。一路走回家，弄得二姑急。"

小学时需要家长参与的活动，大多是父亲参加。学校举行加入少先队仪式，邀请家长参加。由于场地有限，我们十六个班的学生一次出来两个班，排好队由家长帮助佩戴红领巾。由于家长按照到达的顺序排队，每个学生面对的家长是随机的。轮到我时，非常巧合的是，站到我面前的恰好就是父亲。身边的同学和家长很羡慕我们父子俩，有个叔叔给我们拍了一张合影。小学期间，父亲几乎参加了我的所有家长会，每次他都认真记笔记，回家后将老师讲的内容跟妈妈和我一起分享，提醒我需要注意的事项。

小学一年级第一学期结束时，学校发了一张表，要求每个学生自行申报"十项奖"。学习奖、全勤奖等九项，我觉得都没有问题，很有信心申报。但对于守纪奖，我有些犯难。父亲看出来，便问我："守纪律对你来说应该没有问题吧？"我说："可能有问题。"父亲："为什么？"我如实回答："有一次课间时，我在教室后面抱了一下一位女同学，结果被小浩看见了。他拉住我，不让我走，非得让我告诉他为什么搂抱女同学。其实，我班男女同学间打打闹闹、抱一下很正常。我觉得小浩是狗拿耗子——多管闲事，所以拒绝回答他的问题，他就缠住我不放。这时老师已经走上讲台，准备上课了。老师看见我俩还在教室后面纠缠，没有到座位上坐好，就罚我们俩在教室后面站着。"父亲："怎么没听你说过这事？"我："我怕说了让您生气。"父亲："那就在表中填上，有时存在违纪的情况。"我："别这么写，这样写不好。"父亲明白我的意思："那就填上，基本能够遵守纪律。"我："这样可以。"结果是，我得到了十项奖。

小学时担任班干部，要通过竞选。有一次，班干部换届选举，父亲与我进行了认真讨论，他认为我可以竞选宣传委员。召开班会时，竞选宣传委员的主要是我和叶辰。叶辰是个患有自闭症的男孩，与他相比，我有竞争优势，同学们会把票更多地投给我。但我想，面对一个患有自闭症的同学，我不能将此作为我的优势，应该提议同学们把票投给叶辰，让他更有信心融入我们的班集体。当我发表竞选演讲时，我将事先准备好的演讲词悄悄收了起来，没有给自己拉票，建议大家把票投给叶辰，相信他一定能够当好宣传委员。我将我的一票投给了叶辰，他成功当选宣传委员。

一次期末考试结束，父亲开车接上我，在车上父亲问："今天的语文考试怎么样？特别是看图写话写得如何？我担心你在标点符号上丢三落四。"我："好像真的落了一两个逗号。"父亲："作为惩罚，今天晚饭也就落掉了。"我："那不行。晚饭不吃，人会饿的，甚至会虚脱。"父亲："写作文，标点符号落掉了，也不成文章啊！"我："我下次注意，事不过三，我还有机会。"父亲："有的错误犯一次就足够了，不可能还有机会。比如，开车时不能开小差，如果开小差就可能导致翻车事故，一次事故就可能导致车毁人亡，哪能还有第二次、第三次机会？"我："我犯的错误跟翻车根本不是一回事，翻车关系到生命，我写作文落掉一两个逗号，最多有损我的名声。"我的"生命"与"名声"理论把父亲逗乐了。

又一次，语文考试我只得了一个"良"。因为试卷要父母签字，父亲下班回来，我就主动把试卷给了他。父亲认真查看了我的试卷后，宽慰我说，主要是粗心丢的分，下次细心一些就好了。吃晚饭时，一想到母亲回来可能会批评我，我就没有胃口，饭没吃多少就放下了。父亲再次安慰我，一次失败不能说明什么，在哪里跌倒就要在哪里爬起来，把错题认真重做一遍，找出原因，要养成细心的好习惯。我将试题重新抄写在试卷的背面，工工整整地将正确答案写上三遍，前后用了一个多小时。父亲看着我如此认真的态度，用手拍着我的肩膀说："儿子，你有强烈的上进心，有一股不服输的精神，只要有这两点，我相信下一次考试你一定能考好！"每次考试，无论考得如何，父亲都很关心，对考试中存在的失误，他会耐心地帮我分析原因，鼓励我下次考得更好。

小学时，我要上很多课外班，如书法、绘画、音乐等，父母想把我培养成为琴棋书画样样精通的全才。我好静不好动，经常拿本书坐在沙发上，就能看上几个小时。父母觉得应该培养我的运动能力，帮我报了乒乓球、篮球训练班。

乒乓球训练班位于离家不远处的一个乒乓球俱乐部。俱乐部的墙上挂着一些以前的乒乓球国家队运动员签名的球衣、球拍等。教练是一对夫妻，都是乒乓球运动员出身，性格比较直爽，说话直来直去。有一次，我有一个发球动作总做不好，教练有点急，对我说话有些粗鲁，我忍不住发了脾气。晚上，母亲将我叫到一边，温和地对我说："妈妈是集团公司下属子公司总会计师，妈妈认为自己是五个子公司中干得最好的，结果集团领导表扬了其他子公司的总会计师，没有表扬我。儿子，你说这时妈妈应该怎么办？"我说："妈妈你应该加倍努力，干得更好，让公司领导感到不能少了你，把你作为一个重要的支点，这样就会体现你的价值。"妈妈："我可以找领导发脾气吗？"我："绝对不行。你的级别比领导低，领导会批评你的。"妈妈："那我可以在办公室大哭一场吗？"我："那也不行，你不能哭，因为那样领导就会觉得你很脆弱，不堪大用。"妈妈："儿子，道理你都懂，以后训练中遇到挫折，要沉住气，即使被教练批评了，也要正确对待，不能发脾气。"我一下恍然大悟，妈妈拐了这么一个大弯，原来是为了做我的思想工作。

我参加的篮球训练班，教练是美国人，同时配一个英文翻译，收费相对来说比较高。我在篮球训练班里训练了四五年时间，总体表现一般。单兵训练时，我表现尚可，但对抗训练时，通常有些畏首畏尾，面对身材高大、动作威猛的队员时，我一般选择避其锋芒。经过几年的篮球训练，我的球技长进不快，但身体锻炼得很棒。六年级时，我们小学要举办篮球赛，我班男生组成了一个球队，像我这样受过几年专业训练的，如果凭技术，应该成为班队的主力。但我们班篮球队队长是小浩，他与几个大个子男生在训练时，从不主动把球传给我们几个个头较小的队员，使得我们在场上发挥不出作用。面对几个大个子男生，我们敢怒而不敢言。回到家里，我想起白天篮球训练的事，仍会闷闷不乐。父亲观察到了我的情绪变化，问起我原因，开始我不愿说，但经不住父亲再三询问，我简单地说了一下与班上大个子男生在篮球训练中有些不愉快的事。那几天还赶上月考，考试结果不理想，我的情绪更加不好。第二天一早，父亲出差，临走前在我的桌子上留下了一封信。

亲爱的儿子：

最近，爸爸发现你情绪有些波动，感觉你遇到了什么事。

难道是最近一两次考试不理想吗？如果是，则大可不必。谁都有失败，再说一两次考试没有考好，算不上失败。考得不好，它已经发生了，不可改变。我们可以做的，就是找找原因，看看是粗心，还是知识点掌握不牢固，上课是否专心听讲了。我们知道，你最近已经很努力，对自己要求很严，每天除了起早贪黑地练习二胡，还制订了详细的学习计划，全面兼顾课上和课外的学习内容。每天晚上，你都在认真地学习、做作业。只要这样坚持下去，养成好习惯，掌握好的学习方法，你一定能取得更大的进步。我想说，如果因为学习的压力，让你不快乐，那没有必要。因为你还是一个孩子，最重要的是快乐成长。学习很重要，但不应牺牲童年的快乐。我希望你快乐地学习，快乐地成长！

　　是因为班上几个大个子男生吗？你跟我提到过，班上几个大个子男生搞小团体，篮球比赛训练中排斥你们几个小个子队员，不给你们传球。说实话，谁碰到这种事情都有点不高兴。怎么办？首先，我们扪心自问，有没有做得不好的地方，有没有引起大个子男生误会。是不是大个子男生认为他们个头大，打篮球有优势，参加比赛应该以他们为主。应该说，这比较符合篮球运动的规律，也说明大个子男生有强烈的集体荣誉感。虽然你在哈林篮球俱乐部受过专业的篮球训练，但他们可能不了解这些情况。如果不是这些原因，那可能就是大个子男生的不对了。大家都是同学，要互相尊重，团结互爱。一个班级就是一个集体，不应该搞小团体，拉帮结派。如果是这样，可以向老师反映。

　　我希望，儿子能够快乐起来，成为一个真正的男子汉，有男子汉的胸怀，宽大坚强！也有男子汉的抱负，志向远大！

爱你的父亲

2014 年 10 月 22 日凌晨

看了父亲的信，我深受感动。是的，我要成为一个真正的男子汉，要有男子汉的胸怀和抱负！

我从小学一年级时就参加了学校的民乐团。北京第二实验小学民乐团是学校的一个金字招牌，在北京小学中非常有名。进入学校的民乐团，几乎是每个学生的梦想。一天，放学时父亲接上我，在回家的路上，父亲问我在学校学了什么新东西，我告诉他学了一首加拿大民歌《红河谷》，并唱给父亲听。父亲觉得曲调很优美，让我教他唱。父亲很喜欢唱歌，但五音不全，唱歌总跑调，而且即使唱过几十遍，也记不住歌词。他把歌词"无踪无影"总唱成"无影无踪"，怎么纠正都改不过来。为此，我写了一篇文章《他把"无踪无影"总唱成"无影无踪"》，发表在 2012 年 6 月 17 日《北京晚报》"五色土"专栏上，这可是我第一篇公开发表的文章，那一天刚好是父亲节。

上小学前，我就拜师学习二胡。我的第一个二胡老师，是海淀少年文化宫的夏老师。她性格温和，长相甜美，非常有耐心。夏老师手把手教会了我二胡的基本技能。我的第二任二胡老师是康娅妮老师，2014 年她被中央电视台评为"新十大青年二胡演奏家"，曾师从著名二胡演奏家、教育家陈耀星先生。陈先生演奏的二胡独奏《战马奔腾》是经典名作，康老师教授我们最得心应手的也是这支曲子。我的第三任二胡老师是姜建华老师，她是中央音乐学院教授，著名的二胡演奏家，国家一级演员。1978 年著名指挥家小泽征尔访华时，曾被她演奏的《二泉映月》感动得热泪盈眶。日本 NHK 电视台专赴中央音乐学院为姜老师拍摄了纪录片，该纪录片在日本放映时，小泽征尔再次被她演奏的《二泉映月》感动得流泪了，那情景已在很多人的心中留下深刻的记忆。1979 年，世界指挥大师卡拉扬在访华的宴会上，被姜老师的演奏所感动，两只颤动的手紧紧地抱住姜老师的额头，称其演奏的是世界上最动人的音乐。1988 年，由姜老师主奏二胡的电影音乐《末代皇帝》荣获奥斯卡大奖。2008 年 12 月，北京新年音乐会上，姜老师与小泽征尔同台演出，演奏了《二泉映月》和《十里墩山歌》。姜老师除了教会我演奏的技巧，更多的是教会我怎样去理解音乐。她教导我，情感是音乐的灵魂，心中要怀着对二胡的爱，二胡只是一件道具，只有喜爱才能将技术表现得更好。我们作为乐队的一员，要了解演奏的作品和作曲家的时代背景，全方位寻找表达作品的手段。在向姜老师学习的过程中，她还教导我很多做人做事、待人接物的道理，她是二胡大师，也是一位了不起的教育大家。为了培养我对二胡的爱，她将她用过的一只二胡送给了我，这是我得到的最为珍贵的礼物。每当我拿起这只二胡，姜老师的教导就会萦绕在耳边。

四年级暑假，学校的民乐团 A 团要进行选拔考试，考试通过的继续留在 A 团，否则就要去 B 团或被淘汰。考试前那段时间，我每天早晨七点半到姜老师家训练，练到十二点半，然后马不停蹄地赶到学校，参加下午一点开始的民乐团集体训练。中间只有半小时赶路的时间，无法吃午饭。父亲接我时，就带上面包和牛奶，我就在车上简单地吃点面包、喝点牛奶。一天早晨我到姜老师家，姜老师临时有事下楼了，她丈夫杨老师在家。杨老师是著名琵琶演奏家，二胡方面也是专家，他临时替代姜老师指导我训练。我看杨老师与我们民乐团指挥杜老师年龄相仿，而且都是北京市民乐艺术圈内的人，说不准他们能够互相认识。我就试着问杨老师认不认识杜老师。杨老师一听这个名字，还真的很熟悉，杜老师是演奏笛子的，20 世纪七八十年代，他俩经常一起到涉外饭店——建国饭店"走穴"，给外国人表演民族乐器，一晚上赚 10 元钱。但几十年来，已经没有联系了。经我这么一提醒，杨老师通过圈内的其他人打听，很快找到了杜老师的联系方式，目前他是中国民族乐团的指挥。杨老师与杜老师通上电话后，两人热情地聊了半天，兴奋地回忆起以前一起"走穴"的往事。挂电话前，杨老师特意告诉杜老师，我在实验二小的民乐团，希望杜老师多多关照，并将我的姓名告诉了杜老师。杜老师满口答应，一定关照。姜老师回来后，听杨老师说起与杜老师联系上的事情，很是高兴，因为他们也是老朋友。后来，我当上了民乐团二胡声部部长。我不知道这里面有没有杜老师的关照，可能也有"关系"的因素吧。J.D. 万斯在《乡下人的悲歌》中讲到，他如何利用社交资本。一次，他在找工作面试时，表现非常差，但因为有老师跟面试官熟悉并尽力推荐，他还是顺利通过面试，他从此意识到社交资本的重要性。他认为，社交资本无处不在，挖掘并利用社交资本的人就会胜出，而没有社交资本或让社交资本闲置的人就如同瘸着腿与别人赛跑。

五年级时，民乐团再次对二胡声部进行考试。放学回家，父亲问我考得怎么样。我回答，考试倒简单，只考了一个自选曲目，但考完试后我累趴了。考试前，负责民乐团的孙老师吩咐我们，考完试后要在教室里等着，老师还有安排。大家考完后，都很自觉地来到教室里，可是左等右等，就是不见老师进来。同学们就建议我去找找老师，因为我是二胡声部部长。我又满楼里找了一遍，没有找着。过了一会儿，大家等得不耐烦了，又建议我去找。我满楼找了一遍，还是没有找到老师的踪影。第三次，第四次，我又找了两遍，还是没找到。后来，我再次寻找时听到一个会议室里有动静，悄悄推开一点门缝，发现孙老师与其他老师正在里面开会，我就没有打扰老师，轻轻把门关上，退回了教室里，把这个情况告诉了同学们。我楼上楼下五次寻找，累得满头大汗，上气不接下气。父亲问我："你这当声部部长的，被二胡声部的同学指挥成这样？你倒像是当兵的。"我认为父亲的话不对，我虽然楼上楼下几次寻找很累，但我觉得我做了自己该做的事，也得到了大家的理解和认可，如果我指使别人去找，把别人累成这样，他们肯定对我有怨气。我告诉父亲："我这声部部长的权力都是同学们给的，就得给同学们服务啊！大家让我去找老师，我必须给大家一个答案。否则，大家怎么信任我？"父亲的眼睛果然一亮："是啊！楼上楼下三番五次地寻找，必须给同学们一个答案，这就是尽职尽责，就是走群众路线，就是为人民服务。当官的如果没有这种意识，确实当不好官的，就得不到老百姓拥护。"

　　民乐团的训练非常辛苦，需要投入巨大的精力，更需要顽强的毅力，否则难以坚持。为了不影响正常学习，学校要求每天的晨练必须在早读开始前完成。夏天还好说，冬季时早晨七点之前开始训练，到校时天都没有亮。训练一个小时后，八点准时回各自教室早读。经过几年的刻苦训练，2014年12月28日北京市小学生演出比赛在中国文联礼堂举行时，我们民乐团演奏的《丝绸之路》，可以说已经炉火纯青，大家对获得　等奖充满了信心。其实，六年来大家唯一的目标就是一等奖，学校以前从来没有拿过其他奖项。但令人意外的是，那天比赛过程中，我们出现了失误，当进入第二乐章时，负责定音鼓的同学要么走神，要么过于紧张，没有及时敲响定音鼓。整个乐队在等待那一声定音鼓，可它并没有响起。舞台上顿时出现一片可怕的寂静，台下的人目光充满疑惑地互相对视，整个礼堂里的空气似乎都在下沉，气氛瞬间凝重起来，聚光灯也失去了光彩。正如大漠之中寂寞、苦寒的夜晚，气温急速下降，原本计划好的旋律像被冰冻住一般，与周围的空气一同聚集到舞台的正上方，扭曲、凝结成一个巨大的冰晶，以它那凛冽的寒光映照着场上的每一位演奏者。幸亏中胡部的同学反应快，率先拉响了琴弦，巨大的冰晶似乎突然破裂，空气随着旋律重新开始流动，灯光穿破障碍重新洒向每一位演奏者，整个乐队进入第二乐章。虽然后面的演出很顺利，但这种大型比赛，只要出现失误，哪怕是最小的失误，也是致命的。作为一等奖最有力的竞争者，因为出现了失误，没有拿到理想名次，六年的辛苦训练只能以遗憾告终。我想，虽然结果很是遗憾，但六年来的经历仍然弥足珍贵，这不仅是六年的专业训练，也是团队精神的最好培养，更是意志品质的持续考验。要问我小学六年什么最为难忘，毫无疑问就是六年民乐团的训练和磨砺了。

　　为了迎接小升初，六年级时学习抓得更紧。一些人为了上优质初中，会上一种叫作"占坑"的培训班，培训内容主要是奥数之类，如果在班上表现好，就会被重点中学提前签约。还有一些人上的课外培训班，是专门为上初中后的分班考试准备的。上了好的初中，能否分到好的班级，竞争也是相当激烈的。我勉强学过两年奥数，自我感觉不是那块料，不指望拿奥数当"敲门砖"进入优质初中。

妈妈给我报了一个分班考的培训班。这个班很紧俏，妈妈找了一位朋友帮忙，才给我报上名。上课的老师是一位姓张的退休数学老师，上课地点就是她自己的家里。这是一栋老房子，装修属于二三十年前的风格，客厅非常小，仅够摆上一张餐桌和几只餐椅，一间稍大一点的卧室就成了我们的教室。虽说稍大一点，一下挤进十个学生还是十分拥挤的，有的同学只能坐在床沿上。因为我是临时插班进来的，待遇也是最差的，只能在墙角处放张小课桌，需要面向墙角、背对黑板而坐，听课、记笔记十分别扭。

张老师共招收五个班，每班 10 人，一共招收 50 人。卧室空间有限，最多只能坐下 10 人，五个班的上课时间分别为周一至周五晚上，周末每个班分别再上三小时。上课的内容，有些与小学数学有关，但多是超纲内容，有些是初中数学的内容。头两次课下来，我感到有些不太适应，有时难以跟上老师的节奏，考试也总是最后一个交卷，信心逐渐崩溃。可能是天天上课的原因，多数情况下，张老师的嗓子是沙哑的。张老师经常感冒，沙哑的嗓子伴着打喷嚏、流鼻涕，有时似乎上气不接下气，常常让我们感到紧张、担心。上了几次课，我没有进入状态。每次上完课，都有随堂考试，老师批改完，才可以离开。一次，我不仅最后一个交卷，而且错题比较多。老师将我的学习情况告诉了来接我的父亲。在回家的路上，父亲认为我没有尽力，提醒我上课要专心听讲，而且要提高计算的准确性。

那段时间，我很沮丧，想放弃。我与父亲进行了交流，希望他能理解我。父亲不同意我的想法，他认为碰到困难时，不能马上打退堂鼓，而是应该首先想想有没有改进的办法。后来，父亲每天坚持旁听，回家后与我一起复习当天学习的内容，耐心地辅导我。每次上课前一天晚上，父亲会手写一套试卷让我练习。我发现，父亲手写的试卷非常神奇，竟然与第二天老师考试的内容有很大的相似度。只要我头一天晚上做过父亲给我出的题，第二天考试时，我总是胸有成竹，经常最早交卷，分数也很高，得到了老师的多次表扬。张老师认为我进步最大，值得班上其他同学学习。这样一来，我的学习兴趣被逐渐激发出来，不再注意张老师是否打喷嚏、流鼻涕，反而逐渐喜欢上她的课。由于信心增强，上课更加专心听讲，即使事先没有做父亲出的题，我的考试成绩也大大得到提升。

后来，我才知道，父亲为了避免我打退堂鼓，采取了一个秘密行动。每天他在卧室门口旁听时，看到张老师放在另一间卧室的考试用卷，他就用手机拍下来，回家后把试卷上的题手抄下来，打乱顺序与自己出的题混在一起，让我练习。这样，我考试的大多试题，提前都做过一遍，每次考试自然胸有成竹。这件事说明，学习兴趣与学习成绩相辅相成，有了学习兴趣，成绩自然会提高，成绩提高了，学习也会更加有兴趣。真的感谢父亲，为了我的学习，他做出了巨大的奉献。他使用的方法，应该是一次成功的试验。如果有些家长遇到孩子厌学，可以借鉴父亲的方法，也许能发生奇迹。

时至今日，每当我学习上遇到一些困难时，父亲都会提起那段学习经历。他认为，那种情况下能坚持下来，就没有什么困难战胜不了。那段时间，我确实顶住了巨大的压力。但需要思考的是，为了迎接初一的分班考试，是否有必要经受这种痛苦的煎熬？到底是什么造成中小学生负担加重？如果初中的分班考试不考超纲内容，这种培训班是否就没有存在的可能？并不是张老师办了这样的培训班，才导致学生负担增加，问题的根源还是初中的分班考试制度。只要存在分班考试制度，社会上就会出现此类培训班，家长们就会将他们的孩子送进培训班。这种将初中内容提前讲解的下压式培训，增加了学生巨大的负担，违背了教学的规律。别人都在学，如果你不学，上了初中后，不仅分班时有劣势，课堂学习上也与别人不在同一个起跑线上。

　　不管怎么说，我至今仍认为，经过张老师培训班的磨炼，我的收获超过了分班考取得的成绩。第一，它磨炼了我的意志力和专注力。每次上课都是连续三小时，中间没有休息时间，这可是小学四十五分钟一节课的四倍强度。有了这种训练，以后我上课也好，参加什么活动也好，连续几个小时对于我来说都不是什么事，都能保持始终如一的专注。第二，大大压实了我的数学功底，激发了我的挑战精神。张老师讲课很有自信，每节课都对家长开放，可以旁听。过去，我一见到复杂的数学公式或运算过程，信心和耐心往往就没了，考试时最后的压轴题一般都是最难的题，我常常丢分。张老师课上讲的都是超纲的题，有时一道题就要写满整个黑板，过程极其复杂，如果没有一点挑战精神，根本没法适应。第三，让我学会了记笔记的一些好的方法。张老师教会我们用不同颜色记笔记，重点内容要用红色笔标出。直到现在，我还是用这种方法记笔记，其效果非常明显。第四，大大提高了我做题的效率和准确率。每次上课结束后，随堂就要考试，逼迫我们上课时不得不专心听讲。考完后，必须经老师现场批改，所有错题全部纠正后方可离开。因此，我们做每一道题都会认真细心，争取一遍成功，做题效率和准确性大大提高。

五 红墙边的
初中生活

家 MY Family

南长街上隐藏着北京一所神秘的中学——北京市第一六一中学（以下简称"一六一中学"）。这所学校位于紫禁城红墙和中南海红墙之间，其位置可谓独一无二、无与伦比，因此被称为红墙边的中学。2015年9月1日，我成为一六一中学初一（1）班的一名学生。

一六一中学有着悠久的历史，其创建于民国二年（1913年），前身为京师公立第一女子中学，1950年更名为北京市第一女子中学，1972年更名为北京市第一六一中学，陈云亲笔为其书写了校名。

一六一中学有三个校区，其中两个位于南长街。清末修南长街前，这里集中了会计司、煤炭库、章仪司等部门，为紫禁城内的生活提供保证。民国初年，才在社稷坛的墙上打开豁口，开辟新街，并在街口修建了一座高大的拱门，上题"南长街"三个大字，这就是我们今天看到的南长街南口的大门。

一六一中学的中校区位于故宫、北海、中南海、中山公园的环抱之中，这是西长安街1号，学校对着长安街有一个小门，与中南海南大门紧临。这里曾是清朝升平署的旧址，里面多是古色古香、雕梁画栋的建筑，伴随着小桥流水、梅花点点、竹影婆娑，这里应该是全北京最为美丽而神秘的校园。一六一中学的高一、高二两个年级在此上课，我们初一、初二年级开年级会议时，也要到中校区的礼堂开。紧挨着中校区的大宴乐胡同26号，曾是梁启超、梁启勋两兄弟的故居。1912年9月，梁家兄弟从海外归来，梁启超被任命为司法总长，梁启勋被任命为中国银行监理、币制局参事。梁启超之子梁思成与林徽因的订婚仪式也是在这里举行的。直到1982年，梁家后人才搬离南长街。

一六一中学北校区，位于中南海与故宫西华门之间，与中南海仅一墙之隔。这里曾是清朝内务府会计司南花园，红墙灰瓦、汉白玉栏杆的建筑极有特色。现在，北校区的大门旁边还有"会计司"的标志。初三年级和高三年级两个毕业班在此上课。我们在操场上体育课时，经常能听到中南海里警卫人员操练的声音。中校区、北校区离天安门广场并不远，当国家领导人接见外国元首时，在教室里都能听见鸣放的礼炮声。

北校区的校门正对着故宫西华门，清代帝后游幸西苑、西郊诸园，多由此门而出。每次放学从学校里出来，我都会情不自禁地抬头看一眼巍峨的故宫城墙和那扇紧闭的红色的故宫西华门，想象着那扇门后面曾经的宫廷生活。据记载，八国联军打进北京城时，慈禧和光绪皇帝就是从这里西逃的。2017年11月8日下午，美国总统特朗普来访，其车队也是从西华门进入故宫的，我国的国家领导人就是在临近西华门的宝蕴楼迎接他。由于安保需要，那天下午，我们全校放了假。

一六一中学的南校区位于国家大剧院以南、全国人民代表大会办公楼以西。这里原来就是一个中学，前些年被并入一六一中学。我们初一和初二的两年时光就在此度过。最近，我路过南校区，发现此地已经变成了一个工地，曾经的校园已经荡然无存。据说，北校区和中校区也搬迁了，中南海扩建征用了两个校区的用地。

我上了中学，可以自己上下学，不再需要大人接送，照顾我四年的二姑回安徽了。我在小学二年级时，就有一次独自步行回家的经历，现在上中学了，怎么坐地铁、坐公交，怎么换乘，在我脑子里已非常清楚，对此我非常有自信。但上学的第一天，父母还是不放心，担心我的安全。为了避免父母担心，下午四点放学后，我便将手机打开，向父母实时报告我在回家路上的情况。四点十分我到和平门地铁站，四点二十五分我在复兴门换乘一号线地铁，四点三十七分我从木樨地地铁站出来，四点四十八分我安全到家。我每向父母报告一次，都能感觉到他们的紧张程度在降低一级。第一天很顺利，父母觉得可以放心了，但事情的发展总有反复。第二天，我在复兴门换乘地铁时，坐错了方向，当广播里报西单站名时，我才意识到坐反了，赶紧下来到对面换乘。从木樨地站出来后，又正赶上下雨，我没有带伞，冒着雨走回了家，被淋了个落汤鸡。那一天是 9 月 8 日，正是我的生日，这个生日非常有意义，说明成长必须经过磨砺。

随着初中生活的开始，青春期随之而至。有证据表明，青春期涉及人类大脑与身心层面大量的探索与改变，它对一个人的意义不逊于童年早期。青春期阶段，会发生两个普遍的变化：一是发育，由此开始感受到身体的巨大改变和情绪的激烈波动。二是开始脱离父母，更多地与同伴交往。对个体而言，青春期是一个令人困惑的阶段。我们不再是孩子，但也尚未成年。生理上，需要面对逐渐成熟的身体和强烈的欲望。心理上，想要独立，却又不得不依附于父母和家庭。在《青春期大脑风暴》一书中，美国心理学家丹尼尔·西格尔总结了青春期早期的大脑改变如何引发青少年四种独特的心理特征：情绪强烈、寻求新奇事物、积极的社会交往和创造性的探索。但我的青春期表现与普通的表现却不太一样，表现为一种非典型性，不知道心理学家对于我这种青春期表现做何种解释。

与人生的其他阶段相比，青春期的思维方式一般是非常情绪化的。进入青春期后，大脑边缘系统变得活跃，各种情绪的起伏会影响青少年的内在感受和日常决策，开始用更复杂的方式来加工有关自己和他人的信息。一个有趣的实验是，当给青少年看一张没有表情的面部照片时，他们的大脑边缘系统、杏仁核（负责恐惧情绪）的大部分区域会被激活，而成年人看同样的照片时，只有前额叶（负责理性）会被激活。即使没有任何事物激活大脑皮层，青少年也更容易产生纯粹的杏仁核反应，爆发出强烈的情绪。我上了初一，也就进入了青春期，最明显的特征就是嗓音开始有变化，变得低沉、沙哑。如同声音一样，我的情绪表现也变得低沉、低调起来，而并不是更加强烈。小学时我不仅话多，而且情绪也容易受环境影响。进入初中后，由于嗓音变化，自己听自己的声音都觉得不适应，于是开始不喜欢说话，变得寡言少语。这种情绪的不易调动，也表现在体育活动上。我其实非常喜欢篮球，我在篮球训练班上课也不能调动情绪，无论怎样做准备活动，身体热乎起来了，情绪也常常调动不起来。因此，我的篮球练习进步很慢，跟我一起练习的人，已经升到更高层级的训练班了，而我还在原地踏步。我在乒乓球俱乐部也是这样。教练夫妇性格温和，很有耐心。我在训练时，经常表现得不积极、不兴奋，训练进度不理想，性情温和的教练夫妇好几次都要爆发，但强忍住了。但他们还是在我父亲面前告了我的状，说我上课不够投入，表现不够积极，训练进度不理想。父亲对我说，运动一定要放松，一定要享受过程，除此之外就没有太多的说教，更没有训斥。

　　一般来说，青春期阶段多巴胺的神经回路会变得更活跃。多巴胺是大脑中的一种神经递质，它能够产生追求奖赏的驱动力。多巴胺的作用在青春期早期开始，在中期达到高峰，它使青少年很容易被新奇的、刺激的体验所吸引。青春期多巴胺的基线水平比较低，但一旦受到刺激，水平则会迅速升高。

这就是为什么青少年常常觉得无聊，一旦从事一些具有刺激性的冒险活动，多巴胺水平的升高就会让他们非常愉悦。人的一生中的其他阶段，很少像在青春期那样渴求新鲜和刺激，也极少像在青春期那样，对生命有如此鲜明锐利的体验。当处于青春期时，无论是友谊、异性、冰激凌，或者在夏日的夜晚漫步，听你最爱的音乐，它们带给你的快感都比任何人生阶段更加鲜明与美好。想象这样一个情景：某天下午，一个人坐在办公室，鼻子里塞了一团棉花（不要问为什么）。有人刚刚在办公室里烤了一个巧克力蛋糕。空气里飘荡着巧克力的香味。因为这个人鼻子塞住了，所以他还是埋头干活，直到他突然打了个喷嚏，棉花掉了，香气一下子扑鼻而来，于是他冲过去抓起一块蛋糕就吃。从隐喻的意义上来说，所谓成年人与青少年的区别就在于，成年人的鼻子里整天塞着棉花，而青少年恰恰相反，他们天生能在百步之外闻到巧克力蛋糕的香味。从这个角度来看，这也是一种进化的"阴谋"：当一个人即将从家庭的安全环境进入一个更复杂的世界时，大脑已经做好了准备，刻意压制了恐惧感，鼓励他，他对这个世界产生兴奋感和好奇心；驱使他，他去探索、冒险，寻找自己在这个世界上的位置。进化在青春期的大脑中内置的不仅是离家的勇气，也是学习的基本动机，学习如何掌控一个陌生的世界。一个年轻人要在一个陌生的世界里存活下来，需要不断地试错，如果他们的大脑不是如此冲动、执着、戏剧化，他们就不会有动力在一次次的失败之后卷土重来。但是，以上应该是绝大多数青春期少年共性的特征，在我的身上仍然表现不明显。所谓新鲜的刺激或冒险的体验，对我来说似乎并不具有强大的吸引力，更谈不上渴求，甚至很多情况下我是反向操作的。初二时，我班男生发明了一种课间游戏，有些暴力的刺激，或者说是在教室范围内的一种冒险体验。每次下课后，只要老师一离开，男生们立即兴奋起来。他们每次课间总要找到一个男生作为挑战的对象。一旦确定了对象，几个男生就会一拥而上，将这个男生扳倒在地板上，然后有人拽脚，有人拽手，把这个男生拖出教室，游戏即告结束。班上只有少数几个男生有足够力量不被别人放倒，大多数男生都有过"站着进来躺着出去"的经历。在此过程中，男生们异常兴奋，把课上的疲倦一扫而光，女生们也乐意在一旁看热闹。我也是在一旁看热闹的，不知为什么，我没有参与进去的冲动。作为旁观者，我也能感受到他们的刺激和快乐，但总觉得有些野蛮，特别是有人被放倒后，顺着地板被拖出教室的过程，白色的校服外套在满是灰尘的地上拖过，其状不忍直视，回到家如何向父母交代？因为我没有参与过对别人的"施暴"，同学们也都没有把我列为"施暴"的对象。每次课间时，我都是一个安静的旁观者，看着一群兴奋的青春期同学的表现，我似乎有些另类。

　　青春期之前，对孩子而言最重要的是与父母之间的依恋关系。青春期开始之后，他们最在意的是和同伴之间的关系。所谓青春期的"同辈压力"，就是朋友之间要做同样的事情，说同样的话，穿同样的衣服，遵循同样的规则。很多男孩会向父母指定买名牌鞋，因为同学买了。他们互相怂恿，被彼此的勇敢以及他们认为的"酷"鼓舞着，体验到强烈的团结、亲密与尊重。对他们而言，在所有的奖赏中，他们最想要的就是同伴的尊重，而他们最大的冒险也是在人际关系上的冒险——为一个朋友挺身而出。作为成年人，也许很难理解一个13岁的少年被朋友欺骗后的歇斯底里，或者是一个15岁的年轻人因为没被邀请参加朋友聚会后的巨大失落。因为对他们而言，这些痛苦是真实而强烈的。一些大脑成像研究发现，青春期的大脑在面对同龄人的拒绝时，反应甚至比对健康的威胁来得更强烈。也就是说，在神经层面上，他们把被社会排斥视为一种对生存的威胁。这是年轻人的本性——正是构建自己身份的年龄，他们思考友情、死亡，他们孤独、害怕，他们必须寻找同盟，以稳固自己。从这个角度来说，这是一种非常实用的生存策略——我们由父母带到这个世界，但一生大部分时间却必须生活在由同龄人营造和重建的世界里。认识他们、了解他们，并和他们建立良好关系，对今后人生的成败至关重要。社会悟性越高的猴子和老鼠，越能得到更好的地盘，更多的水和食物，更多的盟友，也能得到更合适的伴侣。而人类比任何其他物种都更复杂，更注重社会关系。小学六年级时，我班几个大个子男生在班级篮球队里对我的排挤，引起我的强烈反应，现在看来，那可能是青春期"同辈压力"的早期反应。到了初中后，我的"同辈压力"反而不明显。我并不追求穿着，对名牌衣服和鞋子没有任何感觉，也不知道哪些牌子是名牌，基本上是父母给我买什么就穿什么。除了对颜色有要求，不希望太鲜艳而显女性化，其他基本上没有什么要求。大多数男生喜欢名牌运动鞋，对什么是新上市款式、何为限量版都十分清楚。而我对品牌一无所知，更不关心什么新款、什么限量版。我的运动鞋都是大众品牌、普通价格，而且每次父母给我买来新鞋，让我换时，我一般都觉得旧鞋更舒服，新鞋穿在脚上似乎很扎眼，所以总是不愿意换。有一次，我的鞋大脚趾处都磨破了，还在穿，母亲偷偷将其扔到小区垃圾桶后我才被迫换上新鞋。穿上新鞋后的几天里，我总觉得有些不自在。我那从小学就开始背的书包，无论是颜色，还是大小，到了初中都已经不太合适了，母亲给我买来新书包，但我似乎跟旧书包已经建立了深厚的感情，不乐意更换。母亲下了"命令"，将我书包里的东西全部倒腾到新书包里，把旧书包放到盆里，倒上洗衣粉泡上了，我才不得不同意换。

但与同学的交往方面，我还是表现出很积极的一面。我跟班上大多数男生关系都还可以，与我关系最好的男生有四五个。其中，一个是班上学习成绩最好的男生，我一般紧随其后，在男生里排名第二。一个是班级团支部书记，为人厚道，像个领导，其父亲也是学校领导，所以他掌握很多学校的消息，经常向我们透露一点，让我们了解到学校不少的最新情况。一个是班上"武功"最强之一，从来没有被人放倒过，与其交往很有安全感，我俩还有一个共同爱好——日本动漫。我去香港考SAT（学术能力评估测试），在机场的书店里，我还特意挑选了两本仅在香港出版的日本动漫书，作为圣诞节礼物送给了他。那位学习成绩最好的同学，不仅智商比我们高，成熟得似乎也比我们早。初二时，他喜欢初一年级的一个女生。一到课间，他就趴到教室的窗户前，在操场上的人群中进行搜寻，试图发现她的身影。为了吸引女生的注意，偏瘦小的他开始蓄起了胡子。他的头发也变得比以前长得多，但因为学校有严格规定，头发不可太长，但对胡子学校没有明确规定，大多数初中生也没有长出胡子来。因此，他的胡子非常明显，在我们初二三个班级中，蓄着胡子的仅其一人。他曾试图找那位女生交换电话号码，她没有给他。初三时，我们搬到北校区，那位女生的初二年级仍在南校区，他在放学后曾赶到南校区，尝试着偶遇她，但没有成功，为此有些焦虑。他把这些告诉我，我劝说他，对女孩有好感很正常，说明我们在长大。但当下我们年纪还很小，还不成熟，现在是初三，面临着中考，应以学习为主。随着年龄的增长，我们的世界观都会发生很大的变化，审美观也会发生改变，长大后再回头看时，也许会发现我们现在的行为是多么幼稚。他觉得我的话有道理，无论如何离中考不到一年时间，应该以学业为重。此后，听他谈起那位女孩的事，逐渐少了起来。时间再长，就没有再提起了，蓄起的小胡子也刮干净了。

　　进入青春期后，随着前额叶的发育，青春期的大脑开始以概念性的、抽象的方式来思考，开始有意识地、富有创造力地思考友谊、父母、学校以及自我。随着意识能力的扩展，青春期的孩子开始用新的方法看待世界，质疑现状，试图打破常规，以自己的方式进行新的创造。成年人经常将青春期这种创造新世界的冲动称为"青春期的叛逆"。对父母来说，这可能意味着被拒绝，因为你不再被视为英雄。这不仅对父母来说不好受，对青少年而言其实也是一种很痛苦的领悟，因为他们发现曾经崇拜的英雄，原来不过是肉身凡胎，而他们以为身处的美好世界原来千疮百孔，那是一种巨大的失落和幻灭。但是，或许这也是进化的结果——只有看清父母的缺点和局限，才能不再依附他们，开创属于自己的世界。然而这种叛逆，在不少父母眼里是孩子不再顺从、听话，在很多孩子眼里，父母变得如此唠叨甚至不可理喻。在我的成长过程中，似乎这种叛逆的特征也不明显，因为嗓音变化的原因，我在家时与父母说话比小学时要少一些，但与父母的沟通仍属正常，也能尊重父母亲的意见和建议，并没有表现出对父母的叛逆，父母也没有认为我比以前不听话，更没有因为我不听话而惹他们生气过。当与其他父母聊天时，其他父母抱怨孩子青春期逆反时，我的父母常常很自豪地说，在我身上好像没有什么表现。

我属于非典型性青春期的表现，这是属于另类，还是性格上的早熟？我的父母常常说我比同龄人成熟、沉稳，考虑问题比较周到。青春期的种种表现，只是表现形式而已，不是价值判断的标准，应该不存在哪些青春期表现是对、哪些是错的判断标准。西格尔在《青春期大脑风暴》中认为，"青春期的这些特质也可能有消极的一面"。比如，激情虽然能够让生命变得更充盈，但剧烈波动的情绪有时也会造成巨大的压力，耗尽人的精力，让生活变得难以应对。青春期的大脑对压力异常敏感，严重的心理健康疾病发生的平均年龄是 14 岁。社会交往意味着青少年有强烈的归属于某个同龄人群体的欲望，同龄人会在青少年的感受和决策上发挥至关重要的作用，但这些影响对他们是否有益，要取决于他们的朋友是谁。寻求新奇事物是青春期之旅中非常精彩的一部分，但专注于一种爱好，有毅力坚持一个艰难的项目同样重要。青少年新发展出的概念思维和抽象推理能力使他们质疑现状，用打破陈规的方法来应对问题，形成新观念，成为创新者，但他们的探索未必被成人社会理解或接受。尤其是青少年对于刺激和冒险的热爱，如果不善加引导，就会惹出很多的麻烦。今天的青少年不必再在捕猎或者部落战斗中冒险，但在现代消费社会里，他们面对的是比旧石器时代更多、更让人分裂的诱惑：酒精、毒品、汽车、各种各样的游戏……按照西格尔的理论，我在青春期的种种表现，可能存在更大的安全性。

青春期是复杂的。中国父母对青春期的认识往往是肤浅的，并不尊重青春期的成长规律，常常把大人的要求强加给青春期的孩子。青春期的孩子最向往的就是星辰、大海，但他们每天面对的却是无尽的题海。所以，青春期孩子很少有快乐，更多的是困惑、焦虑、愤怒和失望，就像电视剧《小欢喜》中那个叫乔英子的姑娘，最后竟被逼得要去跳海。《小欢喜》讲的就是北京中产阶级的三个家庭，面对进入青春期准备高考的子女，三个家庭都陷入了无比焦灼的备战状态，由此引发了紧张的父母与子女的关系和重重的家庭矛盾。宋倩原来就是春风中学的一名金牌物理老师，在学习和管理方面都十分严格，对学习成绩十分看重，对女儿乔英子的要求更是非常严格。虽然英子在学校已经是学霸，但是在宋倩看来远远不够，每次考试都要求其考全校第一名，确保能考上名牌大学。在宋倩的长期压迫下，乔英子患上了中度抑郁症，每天睡不着觉，更有了自杀的念头……《小欢喜》引起了很大的共鸣，因为近些年来，越来越多的城市中产阶级家庭的父母们在按照宋倩的方式培养孩子。他们最关注的东西只有一个，就是学习成绩，就是要让孩子上最好的中学、最好的大学。为了达到这一目的，他们都习惯了帮孩子处理各种生活琐事，诸如叫醒、接送、提醒最后期限、决策、承担责任、同陌生人交谈，乃至与同龄人的交往。只要孩子们把时间用在学习上，其他一切事务父母都可承担。孩子们除了学习，其他的虽然承担得少了，但他们的心理压力更大，甚至不堪重负。

一个孩子，本应随着年龄的增长逐步获得越来越多的能力和独立性，并在此过程中与父母分离，形成自我。但如今，这些步骤似乎都被学业和安全的顾虑给省略了。随着经济收入的提高，父母们越来越重视孩子的教育。正是对教育的重视，导致父母将重心放在孩子的学业上，独立生活能力的重要性不得不让位于学业。正是对学业的重视，对前途的焦虑，使得父母亲过度介入孩子的生活。其背后当然有爱的因素，但更多的是恐惧，恐惧孩子输在起跑线上，输在与同龄人的竞争之中，无法拥有成功的人生。但过度介入，就可能导致青春期的孩子不能形成健全的人格，不能接受生活中必要的磨炼，更难以面对充满竞争的未来。

据报道，一个13岁的小女孩，家境富裕，读国际学校，每年假期出国游学，母亲对她呵护备至，她却哭着说："我能活到13岁真不容易！"一个16岁男孩，在北京的一所重点高中读书，成绩优秀，但偶尔的一次失利却让他整个人崩溃，甚至出现自残行为。我母亲以前的一位同事，离婚后一个人把孩子拉扯大。作为大学老师的她，只要求孩子学习好，其他都不重要。谁知孩子从北京航空航天大学毕业后却拒绝工作，理由竟是他就读的这所大学不是太好，他所学的专业不是很好，找不到很好的工作。我的父亲曾经参观过甘肃省敦煌市一所最好的中学，建筑恢宏大气，气派的学校大门里有一面墙，将历年考上名牌大学的学生姓名雕刻在这面墙上，除了少数几个考上清华、北大的，排在第二档次的就是一些考上北京航空航天大学的学生姓名。其实不是大学不好，这只是他不想工作的借口。他将家里一套房偷偷租出去，租金自己掌管。大学毕业已经七八年了，天天在家里打游戏。如今已严重肥胖，完全脱离于社会，更难出去找工作了。

　　当然，造成孩子教育出现问题，责任不全在父母，教育体系本身也存在问题，甚至也是全球性问题。英国教育专家肯·罗宾逊在《让天赋自由》一书中，对当下全球范围内的教育系统提出了尖锐的批判。他认为，英美的教育体系与世界上其他大部分国家的教育体系没什么两样，除了各自的一点特色之外，都有着三个共同点：第一，都注重某种特定的学术能力。学术能力当然很重要，但学校只偏重严谨的分析和推理，特别是驾驭文字和运用数据的能力。这些技能固然重要，但还有一些人类智慧比这些更重要。第二，学科等级森严。数学、科学和语言能力位于学科中的最高级别，人文学科位于中间层次，处于最底层的则是艺术学科。第三，越来越依赖某种特定的评判标准。世界各地的孩子们都为了在范围狭窄的标准考试中取得更高的成绩而承受巨大的压力。在他看来，全世界的公共教育系统都是一个拉长了的大学入学过程。他们不断地给学生灌输一种狭隘的能力观，并且只重视某一单方面的才智或能力的培养，而忽略或者漠视其他一些同样重要的能力。在这种教育体制的压制之下，青少年通常只能有两种反应，要么顺从，要么反抗。对于中学生而言，考出好成绩就是人生的所有目的，分数和排名成为他们学习最重要的目标。

　　哈佛大学心理学家霍华德·加德纳的"多元智力理论"认为，人类不只拥有一种智商，而是拥有多种智商，包括语言的、音乐的、数学的、空间的、肌肉运动知觉的、人际关系的以及内省（对自身的认知与了解）的。他认为这些智慧都是互相独立的，没有哪一个比其他的更为重要。但是，我们学校的老师没告诉过我们这些，也很少有人试着鼓励或启发我们去探索自己除了学术能力之外的潜在能力。老师们忙于用各种知识将我们的大脑填满，没有时间，也没有兴趣教我们欣赏诗歌、音乐，启发我们用自己的大脑思考，或者追问何为美好生活。

上了初中，跟小学的节奏有很大不同。学科一下子多了起来，不仅有语、数、英，而且还有物理、化学、生物、地理、历史、思想品德等。除了白天七八门课不停地轰炸，放学后留的作业也比小学明显增加了。小学时，每天的做作业时间不超过一个小时。但到了初中，每天回家放下书包，第一件事就是赶紧做作业，如果稍有拖沓，就可能要熬夜才能做完。

我在上小学时，课外活动比较多，兴趣爱好也很广泛。那时，课间一有时间，我就到学校图书馆里，借阅各种书籍。但到了初中，每天的课上任务过于繁重，大脑需要在七八门课程间不停地调整适应，变换思维方式，一般没有上图书馆的时间，即使偶尔有点时间，也没有去图书馆的热情，阅读的热情已经被繁重的课堂教学逐渐消耗掉。上小学时，我参加了六年的民乐团，虽然起早贪黑，投入巨大，但得到了多位名师指点，二胡演奏水平有了极大提高，特别是参加民乐团集体活动，培养了我的团队精神。通过参加各种比赛和演出，我很有成就感，增强了自信心。同时，我在校外的活动，如在乒乓球俱乐部练习乒乓球，在一个由美国教练指导的篮球队练习篮球，还在一个书画班学习书画，等等。到了初中后，一开始这些课外活动还能勉强坚持，但随着课业越来越重，学习压力越来越大，渐渐地就一个个放弃了。因为初中学校里没有民乐团，所以二胡不再练习。学校体育课没有乒乓球项目，乒乓球练习慢慢放下了。我最喜欢的书画，由于学习占用时间比较多，也放弃了。

因为中考项目上包含篮球，校外篮球课坚持的时间最长，一直到初三。但随着中考临近，已经不可能拿出完整的半天时间去校外上篮球课。于是，校外篮球训练也被迫放弃。

初中第一次期中考试时，面对七八门课，复习时间难以分配，有些手忙脚乱、顾此失彼、难以应对。思想品德基本上没有复习就参加了考试，结果仅考了全年级 217 名（共 350 人参加考试）。因为这门课拖后腿，总分排名自然不好。我意识到这是一个问题，父亲也意识到了。他跟我谈了一次，我承认没有好好复习，考试时审题抓不住重点，不知道答题的要点在哪儿。父亲决定要帮一帮我，他拿起我的思想品德课本，认真地看了起来。过了几天，父亲跟我说，思想品德这门课的教材写得非常好，他们初中时可没有这么好的教材，它针对进入初中阶段的学生，回答了如何应对青春期，在青春期如何与父母家人相处，如何与老师同学相处，如何看待亲情和友谊，如何应对学业压力，如何适应社会的环境等现实问题，这些问题常常会困扰处于初中阶段的学生们。书里讲的道理、举的例子，都很贴近实际，很有典型性，对塑造青年学生的人生观、价值观和世界观具有非常积极的作用。他建议我，在接下来的课堂上，要认真听老师讲，把这门课的基本道理弄明白，把逻辑关系弄清楚。期末考试前，父亲主动帮我把思想品德逐章梳理了一遍，而且从购买的复习资料里筛选了几套模拟题让我进行了练习。结果，期末考试，我的思想品德出乎意料地考了全年级第 2 名，比期中考试前进了 215 名。在总结期末考试的家长会上，班主任张老师还让我给所有的家长和全班同学介绍学习经验，我只好煞有介事地总结出几条学习方法，唯独没有介绍父亲的帮助和辅导。有些家长认为我从 217 名上升到第 2 名是个奇迹，逐条记录下我介绍的学习方法。

通过辅导我的思想品德，父亲也得到了启示，他决定在其他学科上也试着帮帮我。地理曾是父亲的强项，当年高考他考了安徽省地理单科第一名。父亲给我辅导地理，仍然信心满满、逻辑清晰、重点突出、深入浅出，三十多年前学的内容没被遗忘。经父亲辅导后，地理我也经常能考全年级前三名。物理和化学经过父亲的辅导，效果也很明显，有一次考试我的物理和化学都得了满分，全年级得满分的只有区区几个。这对一向偏文科的我，是一种极大的鼓励。父亲对我作文的辅导，最能体现他的良苦用心。他除了要求我大量阅读，还告诉我阅读是写作的基础和前提，没有大量阅读，写作就成了无源之水，有了大量的阅读，才能做到厚积薄发。他买来大量的优秀作文集，先自己一篇篇看，挑选出有代表性的经典文章，用标签纸一一贴上，再推荐给我，让我一篇篇、一遍遍地看，要求达到熟读甚至能够背下来的程度。他说，写作除了平时积累，模仿也是有效的途径，看好文章，平时练习时有意识地进行模仿，久而久之，头脑中就会积累大量的素材、技巧、文章结构以及对人物、动作、情景、环境、心理活动等的描写，写作时如果能够灵活运用，就会大大提升写作水平。父亲的方法确实行之有效，大概经过一个学期的积累，我的作文水平明显提升，学校里有一个公众号，名曰"文苑风景线"，优秀的学生作文会发送在公众号上，供全校学生学习借鉴。曾经有一段时间，我有三篇习作连续被发送到这个公众号上。一篇写的是家门口巷子里一位卖花姑娘的美丽和善良。一篇写的是我作为一个邮递快件，一路见证快递小哥作为普通劳动者的辛苦和人格的高尚。还有一篇写的是二十年后，我作为一名记者，见证南京大屠杀百年纪念日时，日本代表在纪念仪式上的反思和正式道歉。

在上学过程中，我的运气似乎欠佳。我的小学是北京市第二实验小学，据说获得该校的名额并非易事。当父母接到电话，通知到学校拿入学通知时，他们很兴奋。但那一年，拿入学通知的同时，必须给学校交三万元赞助费。后来听说这属于违规收费，被政府部门取消了。小学升初中时，我们正好赶上了电脑派位。实行电脑派位，进入各种初中学校都有可能。我就是电脑派位到一六一中学的。初中升高中时，我们又赶上中考改革。按照中考新方案，考试科目为三科必考＋三科选考＋体育。除了基础的语文、数学、英语三门必考外，考生可以根据自己的强项进行九种科目组合，共54种分数折算方式。语文、数学、英语三科是必考科目，但分值从原来的单科120分降低为100分。英语100分，其中听力和口语占40分，而且是平时考，多次考试机会。以前中考不考政治、历史、地理，所以在初中阶段不受学生重视。但改革方案中，这三门与物理、化学、生物一样都是可选择科目。选考科目原始分由高到低按100%、80%、60%进行折算。这种计算方法，据说有利于偏科严重的学生，只要有强势科目，个别弱势科目影响不会过大。例如，三科选考科目原始总分为240的学生，如果三科成绩分别为80、80、80，按照100%、80%、60%的比例折合后总分为192分。如果三科成绩为100、100、40，折合后总分为204分。上述两种情况，相差12分，存在个别弱势科目的考生反而比三门科目很平均的考生多出12分。是不是这种改革就有利于考生发挥出自己的优势和特长呢？实际情况似乎并不理想。因为有六门科目可供选考三门，一般不会选择只能考出40分的科目，科目之间的差距不会出现上述案例中的特殊情况。也是因为可自由选择，选考三门都会选自己的强项，分数拉开的差距也就不会太大。英语听力和口语占40分，90%以上学生都能拿到满分40分，剩下的笔试只占60分，英语在总分中的重要性大大降低。因此，最为重要的也就是语文和数学了，中考成绩如何，关键就看这两门科目了。另外，体育虽然只有 40 分，但体育与个人先天条件有关，有的人即使投入再大，也拿不到满分，所以体育也将是拉开分数距离的科目。这样分析下来，中考改革对于我来说最为不利，数学对于我来说，本来就不是强项，成绩不稳定，忽高忽下，发挥好时，能够进入第一阵营，发挥差时，就成了别人与我拉开距离的致命弱项。体育对我来说也是不小的挑战，体育平时成绩占 10 分，中考现场测试占 30 分。体育考试的项目，我选择了 1000 米、篮球、实心球三项，平时体育课上老师给我测试的结果，三项总分 30 分，只能拿到 21 分。即使平时成绩 10 分学校能够全给我，那么体育 40 分里也将丢掉 9 分。从近几年最好高中的录取成绩看，一般都要 560 分左右。也就是说总分 580 分中仅能丢掉 20 分。如果体育上丢掉 9 分的话，也就意味着这些高中的大门已经对我关闭上了。中考改革对于我，好处是我的政治、历史、地理三门强项科目列入了中考范围，选考科目对于我比较从容。但我的数学成绩表现出的不确定性，以及体育成绩的"确定性"，对我构成了重大的挑战。中考改革本来是为了让偏科的学生有更多的选择机会，但对于我这样的学生，则弊大于利。每次改革都是利益的调整，有受益者，就有受损者。我似乎要成为中考改革的受损者。

有人说兴趣是最好的老师。记得小学二年级时，我的数学老师姓赵，他安排我担任数学课代表。小学时，除了班长和学习委员两个职位，班干部里被大家最看重的职位，就是数学课代表和语文课代表了。那时我的数学还算不上班级最好的，但赵老师坚持让我担任课代表。这给了我很大压力，也给了我很大的鼓励，激发了我内心深处学好数学的巨大动力。从此，我对数学更加有兴趣，上课专心听讲，每天回家第一件事就是完成好数学作业，在作业的质量上尽可能追求完善、精益求精。一段时间下来，每次数学考试基本上我都能拿到满分。初一和初二，我们的数学老师是张老师，她是一六一中学"首席班主任"，不仅工作特别敬业，对每个学生都非常关心，教学也非常有方法，讲课深入浅出、重点突出。我很喜欢张老师的课，虽然那时班级里有多位数学大神，但我的数学成绩也不错，大多数考试成绩位于第一阵营，只是偶尔发挥不稳定。初三时，张老师身体不好，需住院治疗，只好放弃继续带初三毕业班。接替张老师给我们上数学课的老师，个头高高，年纪较大。数学老师的穿着很随意，一身普通的休闲装，搭配着一条 LV 皮带，金色的 LV 标志非常显眼。他脚上经常穿一双破旧的拖鞋，上下班骑着一辆老式的二八自行车。数学老师喜欢旅游，一有时间就去国内国外旅游，将旅游的大量照片发布在微信朋友圈里，有时甚至发在班级数学联络群里，让我们很羡慕，也引发很多遐想，课上有些同学经常情不自禁地与老师讨论起他的某次旅行的所见所闻。每当这时，课堂气氛就活跃起来，课程进度却屡屡受到影响。为了赶上落下的进度，数学老师就会在部分内容上加快讲解，本来他的课就不易听懂，这样一来，理解起来就更加困难了。一段时间下来，我发现我的数学兴趣有所减退，课上经常有些内容没能听懂，也可能是老师没有讲明白，结果就是测验和考试成绩在逐渐下降。

根据北京市中考体育标准，单项满分 10 分的要求是，1000 米是 3 分 37 秒，篮球折返跑运球是 12.1 秒，实心球要求 10 米。而我的成绩是，1000 米是 4 分多，篮球折返跑运球是 14 秒多，实心球也只能投出 7 米多，与满分标准相比，差距明显。我深信，我的体育成绩不理想主要是训练不够，而不是身体条件先天不足。经与父母亲商量，我准备报个体育强化班，利用周末时间，请教练帮我进行强化训练。父母亲很快就联系好体育训练班。第一次上课外体育课是在北京建筑大学的体育场上。老师个头不高，身材微胖，50 岁

101

左右，皮肤黝黑，一看就是经常在操场上晒的。老师一见我，就说："你这成绩与中考标准差得可不少，要想缩小差距，看来必须付出艰苦的努力。不过，看你这身体条件，好好练练，应该没有问题。"听老师这么一说，我倒是有了一些信心。吃苦我不怕，怕的是付出了努力和时间，成绩却得不到提高。进入初三后，时间便成了最为宝贵的东西，总有看不完的书，做不完的题，考不完的试。在这种情况下，每周拿出几个小时专门练习体育项目，实属无奈。如果不缩小9分的差距，其他学科成绩再好，也难以弥补这9分的差距。所以，我暗下决心，不管多苦多累，一定要拼尽全力，即使挣不回9分，至少也得争取7至8分。在我的训练过程中，父亲一直陪着我一起训练。他已经年近五十，实心球投掷跟我差不多，篮球和1000米的成绩明显不如我，但为了给我信心，也为了证明通过训练能够提高成绩，他决定与我一起听教练讲解，一起训练。回到家后，他还经常与我一起探讨教练讲解的要点，分享他训练的心得。有时还会抱起实心球，跟我一起下楼，在院子里练上一会儿。父亲在实心球上进步比我快，经过两三周训练，已经从7米多进步到8米多，但1000米和篮球对于他来说，难度也很大，跟我一样，进步非常缓慢。

我的课外体育课是从秋天开始训练的。北京的秋天景色最美，到处都能看到金黄的银杏树，而且气温也是最舒服的，不冷不热。秋天在户外进行体育训练，虽然很累，但那种秋高气爽的感觉总能让我暂时忘却学习的压力和疲惫。一通汗水湿透衣裳后，通体感到舒畅。但秋去冬来，遇到气温骤降，伴有大风之时，在室外的训练可是非常考验意志力的。有一次，我在北京建筑大学体育场训练，天气非常寒冷，且刮着大风。跑完1000米后，又训练了几组篮球折返跑运球，运动量极大，我已经气喘吁吁、挥汗如雨。嘴里大口大口呼出的气，也被吹到脸上、头发上，呼出的热气混合着汗水在头发上和满脸细小的汗毛上凝结成了冰花。由于专心于训练，我自己并未注意到。从操场另一端走过来的父亲远远看到我的头上脸上白花花一片，以为我从哪儿找了一只白色的头罩戴在脑袋上。当他走近一看，才发现原来都是冰花。这时他乐了，笑着对我说："哈哈，你也成了'冰花男孩'了！而且比网上刚刚报道的那个'冰花男孩'还厉害，他只是头发上有，你的脸上也都是冰花。"2018年1月9日，云南昭通一名头顶风霜上学的男孩的照片在网上引起广泛关注。照片中的男孩站在教室里，头发和眉毛已经被风霜染成雪白，脸蛋通红，穿着比较单薄的衣服，身后的同学看着他的"冰花"造型，都在哈哈大笑。这名男孩是昭通市鲁甸县新街镇转山包小学三年级的学生，是一名留守儿童，父母在外地打工。他上学路途比较遥远，需要走5公里山路，当天气温寒冷，零下9摄氏度，导致他变成了照片里的模样，照片被发到网上，引起网友一片唏嘘。很多网友表示，孩子上学真不容易，看着好心疼。

"冰花男孩"一事在网上得到广泛关注的次日，云南省团省委、云南青基会、昭通团市委的工作人员为其所在小学及附近高寒山区学校送去了"青春暖冬行动"募集的10万元爱心捐款，给在校的81名学生每人发放了500元"暖冬补助"。我们虽然身处大城市，没有上学路上的艰难跋涉，不会穿着不抵风寒的单薄衣服出门，但考试的压力仍然让我也变成了"冰花男孩"。

实际上，中考改革对大多数同学来说都是巨大的挑战，也给同学们带来很大的困惑。每个同学在选考科目上几乎都不一样，据说一共有54种组合，上课没有办法按照行政班级上课，只能实行走班制，每个同学都会有自己的一张课表，与其他同学都不一样。这样一来，除了语文、数学、英语三门课外，其他科目，我们就会在校园里各个教室间到处穿梭、疲于奔命。因为实行走班制，各门课需要根据报名人数的多少进行重新分班。我分到的地理班级的老师，是一位没有给我们上过课的老师，同学们都叫他"老白"。"老白"的思维有时似乎不连续，有一次，"老白"用手指着地图上的西亚，就是想不起来"西亚"这个词，他的手指停顿在地图上，半天说不出话来。前排的一位同学反应很快，说："老师，西亚。""老白"立即反应过来说："对！西亚。"全班同学一下子都乐了。

初中毕业之时，如何规划自己的未来是头等大事。基本上有两种选择：一是读普通高中，奔着高考而去；二是读国际高中，最好是北师大附属实验中学国际部、北京四中国际部、人民大学附中国际部。

我的目标是读国际高中。对于每一个准备出国留学的学生，基本上都在海淀黄庄上过培训班。初中时，我就在中关村大厦、中关村新大厦等多个楼宇里的培训机构上过托福等培训班。从北京4号线地铁换乘站——海淀黄庄下车，通道两侧挤满了各家机构的留学广告和海报，既有新东方这样的留学巨头，也有名气不大的小机构，还有如雨后春笋一样涌现出的新机构，它们更是要靠广告招揽顾客。路过的不少行人（通常是学生家长）会驻足把海报上的信息拍下来，然后匆匆离去。从地铁口出来，便是中关村大厦、中关村新大厦，与周边的各个商业大厦一样，里面驻扎着各种各样的留学培训和咨询机构，随便上一个楼层，都会发现几家这样的机构。一到晚上和周末，从北京四面八方来的学生，从小学生到大学生，都涌入到各家培训机构上各种辅导班。每天晚上从八点开始一直到十点多钟，大厦周边都是络绎不绝接孩子的车辆，上完补习班的各个年龄段的学生会源源不断地从各个大厦里涌出，构成一道别样的风景。

目前，中国已经成为第一大国际生源国。根据教育部统计数据，2006年我国出国留学人数是13万，到了2018年已经达到66万。根据中国产业信息网的预测，2018年中国留学市场规模突破6000亿元。美国门户开放报告显示，中国赴美读本科的人数从2005年的9988人上升到2019年148880人，14年上涨了约15倍。留学人数的爆发式增长，催生了层出不穷的留学培训和咨询机构。各个机构赚得盆满钵满的背后，是无数个留学生布满荆棘的漫漫留学路，在这条路上踏足的每一个人都不会轻松，都会走得异常辛苦。

对于准备出国留学的学生而言，攻克语言关是万里长征第一步，上补习班是必然选择。学校里的外语课是面对所有学生的，准确说主要是面对中低水平学生的。初中的教学大纲里，对英语的要求并不算高，中考标准词汇要求仅1600多个，与留学要求相去甚远。所以，仅靠学校的英语课程远远不够。小学毕业时，班里有几位同学英语已经考过了PET（剑桥通用英语五级系列英语证书考试的第二级），有的通过了FCE(第一英语证书考试)。听说小学同学中还有在学Unlock、RE原版教材的，以及Keynote学术英语。在小学毕业典礼上，母亲与一名考过FCE同学的家长聊天得知，她的孩子一直在一家机构由一位美国老师教授英语。母亲带我去了这家机构，那位美国老师名叫Quinn（奎恩），以前在美国做过杂志编辑，写过不少诗歌。他有严重的眼疾，我们面对面坐在一张桌子的两边，他看不清我的表情，手上的一支笔掉到地上，他看不见在哪儿，需要我帮他捡起来。但这并不影响他的教学质量，因为眼睛不好，他的注意力反而完全集中在教学内容上，上课期间非常专注。加上他那浑厚的男中音和纯正的美式英语，第一节试听课后，我觉得他应该就是我想要找的老师。初中三年，我一直跟着Quinn学英语，我们俩成了非常好的朋友。

为了能够进入理想的高中国际部，中考必须考出好成绩。什么样的学生才能考入这样的高中国际部呢？初中三年应该怎样做准备呢？很多咨询机构会举办国际学校咨询会，家长们趋之若鹜，非常火爆。我的父母一有时间也会参加各大机构举办的咨询会，了解和搜集各种信息，一点点学会什么叫SAT（学业能力倾向测验）、SAT2(学业能力倾向测验II)、AP(美国大学预修课程)、A-LEVEL（普通教育高级水平证书）、IB（国际中学毕业会考）等与国际课程相关的新知识。有一次，父母在一家豪华酒店参加了一场国际学校咨询会，据说报名的有一万多人，最后只能抽签确定进入会场的名额，父母非常幸运，获得了入场的资格。咨询会上，现场发放的一本《从海淀黄庄到国际名校》的书，被家长们哄抢一空。对于如何刺激家长们的野心和焦虑，咨询机构深谙其道。咨询会邀请了一位人大附中国际部的女学霸做分享。这位女学霸尚在高二，却已经拿到了 AMC（美国数学竞赛）、USAD（美国学术十项全能竞赛）、PUPC（英国物理奥林匹克竞赛）等多种奖牌，学完了五六门 AP 课程，SAT 已经超过 1500 分，托福已经达到 115 分。父母参加完咨询会回来，把咨询会上的情况给我一一介绍，希望我看到差距，为了实现目标必须发奋图强、刻苦学习。

2018 年 3 月 31 日，北师大附属实验中学（以下简称"实验中学"）和北京四中同时举行国际部咨询会。据说，这两所学校在西城区是竞争关系，咨询会每年都在同一天举行，学生和家长只能选择一家参加。我们选择了参加实验中学的咨询会，台上介绍情况的是一位中年老师，南方口音，声音洪亮，讲话时身体笔直，头微微向上昂起，他的腔调和动作都表明他是多么以实验中学为傲、多么引以为豪。偌大的阶梯教室里座无虚席，走道上也挤满了人，足见这所学校在家长和学生中的受欢迎程度，也从一个侧面说明了考入这所学校的难度。老师以"一片星空，星光熠熠"作为第一张 PPT 开讲，讲到实验中学国际部近年来的招生分数在北京市遥遥领先，要想进入国际部不仅要高于实验中学录取分数线，而且还要求英语成绩必须达到较高水平，并且要经过校友面试和学校加试，加试完成后接到学校电话通知者才能确定被国际部录取。他介绍道，实验中学国际部近年来申请美国大学的情况一直处于国内领先地位，如 2015 年 TOP20（前 20 名）大学占比 44%，TOP40 大学占比达 92%。2016 年普林斯顿大学、耶鲁大学、芝加哥大学、哥伦比亚大学、宾夕法尼亚大学以及英国牛津大学等名校皆在该校录取多人。2017 年哈佛大学在该校录取 3 人，创下了哈佛大学在中国录取人数的新历史，同时芝加哥大学、哥伦比亚大学、斯坦福大学也都发放了多张 OFFER。他还介绍，学校不仅有一流的国际课程设置，还有各种学生社团、学生组织，以及提供各类升学指导讲座、分享讲座、学长申请案例、校友经验等，这些都是实验中学国际部非常明显的优势。实验中学国际部对学生的要求极高，除了中考成绩、英语成绩外，还需要综合考查学生的个性化素质。例如，在学业发展方面，好奇心要强，属于善于利用学习资源的主动性学习者；在人格完善方面，自我认知能力要强，属于勇于挑战自我的成熟性学习者；在社会担当方面，社会责任感要强，甘于充当社会奉献者。他介绍，学校的培养目标主要体现在三个方面：一是作为实验人，必须文理兼备，具有坚实的学科基础；二是作为中国人，必须具有深厚的中华文化底蕴和民族认同；三是作为国际化人才，必须具备批判的思维能力，具有独立之精神。我从父母的表情看，实验中学国际部在他们眼中似乎已经成为一个遥不可及的目标。门槛虽高，但其培养理念已深深地吸引了我，我暗下决心，必须加倍努力，实现梦想。

六　非常时期

　　2018 年，中国改革开放四十年，各个方面都取得了举世瞩目的伟大成就。这一年，中国制造以更加骄傲的姿态走向世界，从国产大飞机到纵横南北的中国高铁，从载人航天飞机到贵州深山里的观天巨眼。国庆节前，连接香港、珠海、澳门的港珠澳大桥全线贯通，创下多个世界第一。1978 年，中国经济总量在全球仅占 1.8%，2018 年，作为全球第二大经济体的中国经济总量占全球的 14.8%。四十年前，中国人均 GDP 只有 384 美元，2018 年已达到 9462 美元。四十年前，世界 500 强中中国没有一家，2018 年中国有 120 家，2019 年有 129 家，排名世界第一。

　　四十年来，我们这个大家庭发生了翻天覆地的变化。四十年前，父亲一家过着非常贫穷的生活，爷爷一手好手艺，挣的钱还不够养家糊口，姑姑没有作文本，奶奶连 1 角 6 分钱都拿不出来。现在爷爷家住的是两层的楼房，房子里彩电、冰箱、空调、自来水、无线网络、太阳能热水器等应有尽有。爷爷家还安装了远程监控系统，在外地工作的孩子们，通过手机可以实时关注到爷爷和奶奶在家里的情况。

　　近年来，父亲的头发花白得厉害。父亲这个年龄，正处于典型的“上有老下有小”的人生阶段。张爱玲曾说过，“中年以后的男人，时常会觉得孤独，因为他一睁开眼睛，周围都是要依靠他的人，却没有他可以依靠的人”。父亲经常给远在老家的爷爷奶奶打电话。打完电话后，往往会陷入沉思，心事重重。爷爷奶奶已近90岁了，岁月不饶人，身体已大不如从前。农村医疗条件有限，生了病，村里就一个村医，没有受过正规的专业训练，大的病看不了，小的病如感冒之类的，他要么开药，要么输液，而且都是根据病人自己的要求。有一次，爷爷发烧，就要求输液。村医给爷爷扎上针、输上液后就走了。爷爷毕竟年龄大了，加上感冒发烧，输液时躺床上迷迷糊糊睡着了。可能不小心翻身，把输液的针管弄掉了，静脉里的血不停地流出，他自己毫无知觉。等奶奶到房间里一看，床上、被子上、地上都是血，爷爷仍在迷迷糊糊地睡觉！奶奶从来没有遇到过这种情况，不知所措地叫醒了爷爷。爷爷醒来，赶忙用手捏紧了出血的针口，止住了血。这次事故虽然有惊无险，但令人后怕，爷爷以近乎割脉的方式在睡梦中从死亡的边缘走了一回。因为这件事，父亲意识到，爷爷奶奶的岁数大了，明显一年不如一年，平时老两口相依为命，要是身体好还可以，如有一个身体出点问题，则可能出现意想不到的情况。此后，父亲回老家的次数比往年明显增加。有时他会利用周末回家看望两位老人，给老人准备些必备的药品等。每次离开时，父亲心里总是放心不下。

2018年上半年，我面临中考，父亲对我的期待比较高。但我的成绩不稳定，让父亲很不安。如果正常发挥，我会顺利进入理想高中。如果发挥不正常，梦想就会破灭。在父亲的心里，人生就是一个不断奋斗的过程，奋斗的平台非常重要，不同的平台上聚集的人群不一样，面对的机会也不一样，所以一定要努力进入好高中。面对我考试成绩的不稳定，大多数时候他表现得很平静，对我以鼓励为主。但有时会表露出不安。最不安的日子当属中考后一直到录取结果出来的那段时间，父亲和母亲经常在客厅里小声说话，讨论着各种可能的结果，似乎已经做了最坏的打算。直到我被实验中学国际部录取，父亲的压力似乎才释放出来，那天他高兴地请我吃了一顿大餐。

除了来自家庭的压力，父亲在工作上也比以前更加忙碌。由于保密的要求，他很少跟我讨论工作上的事情。通常我只知道他很忙，但并不知道他在忙什么。近年来的大多数晚上，他都会在办公室加班至很晚。有一次，我放学回家，没有见到父亲，也没有见到母亲。原来，母亲因为单位涉及一桩合同纠纷，要加班讨论相应的对策。父亲因为要赶一个材料，也在加班。接到我的电话后，父亲宽慰我，别着急，一个人在家先写作业，晚饭他会买个快餐给送回来。父亲拎着买好的快餐回来，他把快餐放在桌子上，对我说："爸爸晚上有个重要文件得弄，可能要比较晚才能回来，你吃了饭，自己看书做作业吧。如果我和你妈回来太晚，你就从里面锁上门先睡觉。"说完，父亲转身就走了，他只买了我的晚餐，看来他连吃饭的时间也没有。有一次，父亲晚上通宵加班，早上回来时，小区打扫卫生的阿姨正在电梯里清洁电梯内壁，父亲走进电梯跟她说"早上好"时，吓了她一跳，她正背着电梯门，通常早晨五点多钟没有人乘坐电梯。那段时间，父亲经常通宵加班，即使回家，也就休息一个多小时，然后又正常去上班。

作为一名国家干部，不仅要承担工作上的压力，承受经济上的窘迫，在平时生活中还要承受与普通人不一样的压力。有一次，父亲开车接上课外班的我回家，在一个路口，父亲在直行还是右拐时稍有迟疑，后面的车重重地摁着喇叭，并猛地加速超过我们，在超车的同时，故意剐蹭了我们的车。由于前面是红灯，那车停在我们前面。父亲便下车走到前车驾驶室边，说："师傅，您剐了我的车，下次可不能这么开车。"父亲说完，就回到了自己车上。谁知前车的司机下车朝我们走来，他是一个20多岁的小个子年轻人，后面跟着一个年轻女性。那个年轻人来到我们车门边，猛地拉开车门，试图把父亲拖到车外。年轻人前来攻击父亲，父亲本可以自卫，甚至狠狠地教训他，但父亲忍住了。任凭年轻人怎么拖拽他，他没有下车，也没有用语言进一步刺激他。年轻人气急败坏，将全身力气发泄在车门上，使劲地拽开车门，又猛烈地关上，坐在车后座的我明显感觉到车身剧烈的颤动。这时，那个年轻女性上来，本想拉回年轻人，结果被其拉开的车门猛烈地撞到脸上，只听她"哎哟"一声，捂脸坐在地上。年轻人看见自己的女朋友受伤，更是将气撒在父亲身上。他将身子探进车里，准备殴打父亲时，一眼看见了坐在后座的我。我一声不吭地盯着他，当我的眼神与他碰撞时，他可能有些害怕了，我们有两个人，如果反击，他必定吃亏。他立刻停止了对父亲的攻击，拽起地上的女朋友跑向自己的车，快速地离去。父亲从地上摸起被打落的眼镜，一只镜片已经破碎。他戴上一只镜片的眼镜，默默地发动了车的引擎。我深知，父亲作为公务员，他是不能与人动手打架的，他也绝不愿意我这个中学生介入到一起斗殴之中。对于父亲的理智，我非常理解。现在社会上有一种"仇官"现象，如果官员与普通群众发生纠纷，大多数人不会站在官员一边，多数会觉得对方是弱者。但在这一事件上，父亲明显成了一个弱者，一个受害者。

从 2018 年开始，母亲在工作上也面临着空前的压力。有一天母亲下班回到家，已经八点多了，突然接到公司纪委书记的电话，让她立即赶到公司去，而且没有说明原因。此前即使有急事需要赶到单位，一般纪委书记也不会亲自打电话。母亲预感到似乎有大事发生。

母亲从家里出发，开车半小时就到了单位。一进纪委书记的房间，气氛就明显与平时不同。纪委书记一见母亲，立即站了起来，压低嗓门说："你分管内部审计，正在对北京分公司进行内审，你以内审有问题要核实为理由，打电话给北京分公司总经理唐某，让他立即过来一下。"母亲知道，这种情况下，不需要问原因，只能按照纪委书记说的办。母亲打了几个电话，对方都未接听。纪委书记告诉母亲，先回自己办公室，用办公室电话再打。母亲回到办公室后，用座机打过去，唐某接听了电话。母亲故作镇静地告诉他，有内审方面的重要事情需与他及时沟通，请他务必抓紧时间到办公室来一趟。大约过了半个小时，唐某来到母亲办公室。母亲与纪委书记已经约好，等唐某一来，立即给纪委书记发信息。不一会儿，纪委书记带着几个人就来到了母亲的办公室，让唐某跟着他们离开了。几分钟后，母亲从办公室的窗户看出去，公司办公楼下停了三辆警车，几位穿深色衣服的年轻人和警察一起把唐某带走了。警车闪烁着警灯开走后，母亲在窗前呆立了好久。

　　近些年来，反腐的力度越来越大，新闻媒体上经常会看到一些官员、国有企业高管被宣布接受调查，但身边熟悉的同事被带走，对于母亲来说是第一次，而且这一次还是母亲打电话把人从家里叫到办公室来，从自己的眼前被带走的。唐某被几个人架住胳膊带出办公室那一瞬间，他的表情是那么的不可名状，眼神非常迷茫。目睹这一切的母亲内心非常复杂，最多的是震惊，这已经超出了她的心理承受能力。在反腐的大潮中，即使身边熟悉的人出了事，也可以接受，但现在就发生在自己眼前，而且自己直接参与其中，这让母亲心理上有些缺少准备。

　　由于办案纪律的规定，纪委书记明确要求母亲必须保密，不得对任何人透露任何信息。第二天一早，母亲在单位第一个见到的人就是董事长，正常情况下，发生了这么大的一件事，必须向他汇报，但有纪委书记的要求，母亲只好只字未提。但董事长很快就知道了，也听说了是母亲打电话把人给叫过来的。母亲没有向他报告，董事长对母亲有了很大的意见。此后的很多天，董事长在大会小会上，点名或不点名地以各种方式对母亲表示不满，这让母亲心理承受了巨大的压力。母亲工作非常努力，她是全国会计领军人才，她分管的法律事务工作受到国资委的充分肯定，她分管的内部审计工作受到国家审计署的表扬，全国被表扬的单位一共才 30 多家。她从大学毕业后，工作上一直顺风顺水，目前的处境对她来说是个极大的挑战。每天回到家，母亲都闷闷不乐，有时甚至跟父亲发脾气。父亲只好耐心地帮她分析情况，提供一些建议，比如说主动与董事长当面沟通一次，把情况解释清楚，最好能够消除误会。后来的一天，中纪委网站公布了一条消息，那位唐某被正式调查。

有一天凌晨三点多，父亲睡意全无，他拧亮灯，拿起手机查看起美国股市当天的表现。结果跟他预料的一样，美国三大股指全线重挫，道指下跌 2.91%，纳指下跌 2.21%，标普 500 下跌 2.71%，皆创美股几个月来新低。此前一周，美国股市已在持续大幅下跌。相对于美股从高位回落，中国股市自 2007 年以来，则从 6000 多点一直跌到 2400 多点，尤其是 2018 年以来，随着经济下行压力加大和中美之间的贸易摩擦，市场表现相当疲软。在 2018 年全球 30 个主要股市涨跌榜中，中国的上证指数和深证成指分列第二十九、三十位，其中上证指数全年跌幅 24.6%，深证成指跌幅 34.42%，两市共蒸发市值 13 万亿元，据说股民人均亏损超过 10 万元。

那段时间，父亲在家里与我们聊起经济形势时，经常说的一句话是"今天股市又大跌了"。父亲是公务员，工资不高，他用多年的积蓄买了少量股票，但他只是长线投资，账户里每天变化多少，他并不关心，有时几个月也不看一眼。他相信，股市与经济密切相关，他通过观察股市了解和判断经济的走势。他对中国经济满怀希望，认为现在正是中国崛起的时代。他认为，航海技术的发展，使得欧洲人发现了美洲新大陆，海洋运输支撑起了美国的崛起。同时，由于美洲大陆东、西都被大洋隔开，远离了两次世界大战的战火，较好地保存了实力，并通过给战争提供给养，帮助了美国的崛起。而现在是陆地经济时代，火车的进步和高铁时代的来临，陆地运输比海洋运输更快捷高效，而中国处于欧亚大陆的东端，靠陆路运输可以将欧、亚、非三大洲连接起来，现在的欧洲班列就能远达荷兰以及很多欧洲的城市。火车运输相对于海洋运输，大大缩短了运输的时间，背靠欧亚大陆的中国，比靠海洋运输的美国更有优势。父亲深信，中国在世界的竞争中具有体制优势。他经常对我们讲，他是学会计出身，看问题喜欢借用资产负债表，一边是资产，一边是负债，我们的体制在某些方面相对于西方国家存在不足，那是负债，但作为资产方的体制优势更多，资产多出负债的部分是所有者权益，就是我们体制的净优势。体制方面的优势，推动了中国经济在改革开放的四十年里的快速发展。但四十年里也积累了一些问题，资本市场的发展和股市的表现，就是这些积累起来的问题的一个方面。

我的小叔经营着一家防水材料公司，前些年正赶上房地产业快速发展，效益非常不错，公司发展很顺利，经营也有了一定规模。小叔的儿子，也就是我的堂哥，在英国华威大学获得硕士学位回来，本来在一家著名的房地产公司工作，却主动放弃令人羡慕的工作，回到自己家的公司，帮着小叔一起打理。房地产行业狂飙突进的前些年，公司的产品供不应求，价格也一路升高，小叔那时忙着在安徽、江苏等地找地方建分公司，扩大生产基地。2017年年底，堂哥结婚，小叔在家乡为他举办了盛大的婚礼，花费几十万从省城请来专业公司，在爷爷奶奶家门前的广场上搭起古色古香、披红戴绿的临时演出场地，请专业演出公司表演当地最受欢迎的黄梅戏，远近的村民络绎不绝地前来观看。婚礼在村里可谓盛况空前，七里八乡的村民们都前来看热闹。那时，小叔对公司前景充满信心，脸上洋溢着自信的笑容。

他没有想到，从2018年开始，情况变化很大，先是整个房地产业似乎有掉头向下的趋势，据说一家龙头房地产公司的内部会议上都悬挂着"活下去"的标语，足见行业面临的形势之严峻。房地产不景气，直接影响了防水材料行业，小叔公司的销售业绩开始下降。年初时，销售还保持得可以，但货款收回的难度明显加大，似乎所有客户都缺钱支付货款。到了年中，公司逐渐面临货款回收难和销售下降的双重打击，小叔取消了买地建厂扩大生产的计划。

后来，小叔公司所在的地方政府开展环保督查，检查到他们公司时，没有发现环保不达标的问题，但发现了其他两个问题：一是公司的围墙由于山体滑坡，冲垮了一段，检查组认为存在安全隐患；二是认为公司的生产记录不是很完整。因为这两个问题，检查组要求公司停业整改。公司生产记录问题显然很好整改，但公司后面的山体滑坡的清理，要与当地的山林所有人协商。而山林所有人是一位刑满释放人员，他借机敲诈勒索小叔，小叔难以接受他的要求，双方陷入僵局。直到年底中央召开了民营企业座谈会，要求为民营企业营造更好的发展环境，帮助解决民营企业发展中存在的困难。在此情况下，地方政府同意公司恢复生产。在停业整顿的几个月期间，公司的一些合同被迫取消，所有员工的工资照发，公司经营业绩大受影响。

在南京生活的小姑，我们很少见面，平时联系也不多，在我的印象中只在爷爷家见过一两次。很多年前，她随第一任丈夫到南京，她丈夫在南京开了一家防水材料商店。小姑没有上班，自己在家带着孩子。她丈夫的生意算得上顺风顺水，积攒了一些钱，也买了汽车。但就在生意正往上走时，她丈夫却有了外遇，经常夜不归宿，商店常常关门，生意越来越差。后来，他们只好离婚，孩子归小姑抚养。小姑在南京找了一份工作，一个人带着孩子。她的孩子上学后，成绩一直非常优秀，在班里名列前茅。高考前，又赶上江苏省政策调整，外地借读学生可以参加江苏高考。她的孩子顺利参加了高考，考上了一家"985"大学。

几年前，小姑再婚，经常在微信群里晒幸福。眼看孩子即将大学毕业，小日子也安定下来，小姑的人生却再一次跌进深谷。南京市公安局官方微博"平安南京"发布公告称，P2P平台公司钱宝网实际控制人张某因涉嫌违法犯罪已向当地警方投案自首。一则简短的微博，就像一盆冰冷的水泼醒了一批做着发财梦的人。小姑就是其中一个。小姑这些年靠一个人的微薄工资抚养孩子，按理说没有闲钱用来投资。但她通过向一些互联网金融公司借贷，以及在多家银行办理信用卡，利用信用卡套现、透支等手段，向钱宝网投资了几十万元，其间有了一些虚盈，她正盘算着可以实现买房的梦想。就在南京警方发布官方微博的前一天，她的现任丈夫还曾提醒她，最近有关P2P公司爆雷的信息逐渐多起来，应该把投资的本钱先拿出来，盈利部分可以放里面。但小姑认为，钱宝网在很多官方媒体上都做了广告，而且是一家存续了多年的公司，周围的很多同事都在"玩"钱宝、当"宝粉"，应该没有什么风险。再加上一想到每年超过50%的盈利，不出几年，也能买得起房子，实在不愿意放弃快要到口的肥肉。其实，天上不会掉馅饼，所谓的低风险高收益的理财产品大多是庞氏骗局，很多投资者最终都是血本无归。

春节时，小姑没有回爷爷家过年。听说连回老家的路费都成了问题。由于欠了银行大量资金，每个月都要还款，父亲兄弟几个在春节期间经过一番商量，每个人分别拿出几万元钱对小姑进行资助。据说，小姑面临巨大的压力，几近崩溃。好在她的儿子很争气，同时收到上海交通大学、华中科技大学、华南理工大学的硕士研究生录取通知。儿子的优秀表现，使小姑看到了一丝未来的希望，这一丝希望来得正是时候，帮助她挺过了人生中最艰难的时刻。

　　我的表哥，早些年在通州旁边的燕郊，以几千元一平方米的价格买了套房。2017年，通州房价涨到4万多时，他贷款又买了一套。买完之后，价格还往上涨了一些。2018年年初，燕郊出台了严厉的限购政策，房子的价格从此一路往下，从最高时4万多，后下降到2万多。高位买的房子，价格已经跌去几近一半，但房贷仍需按月归还，表哥的压力很大。2018年以来，大多数城市的房子热已经明显降温。房奴们原来只是面对还贷的压力，现在还要面对房价下降的压力。

　　2018年12月底的一天晚上，我从手机上看到一篇报道，标题是《翠宫饭店转型失败营业终止》。这是一家开业二十年的五星级酒店，曾经有着辉煌的过去。它位于北京市海淀区知春路，地理位置优越，西接"中国硅谷"中关村，东邻商务办公区亚运村，北边是号称"宇宙中心"的五道口，周边高校、科研院所、互联网企业如云。酒店的设计非常有特色，屋顶是传统的重檐歇山顶，与门前的牌楼浑然一体。2002年夏天，著名物理学家斯蒂芬·霍金第二次访华，曾下榻于此。酒店的一层有家豹王咖啡，初中时我在附近的高校上物理实验课时，父亲曾带我在此喝过咖啡。咖啡店老板兴奋地给我们讲，当年雷军经常在此喝咖啡，其小米手机就诞生于此。当时，雷军带领几个人，在咖啡屋里摊开一堆手机进行研究，提出了创建小米手机的想法。所以，我对这家酒店印象非常深刻，今天看到这一新闻，很有感触。报道中还提到，翠宫饭店只是北京单体老牌酒店遇冷的一个缩影。看来，经济下行之时，泥沙俱下，每个行业都难以独善其身，服务业看来也受到巨大的影响。

　　每次过春节，父亲都要回老家陪爷爷奶奶。小时候梦寐以求想逃离的地方，现在成了他最向往的地方，成了他要逃离大城市生活的目的地，似乎那里才能寻找到一种宁静，远离都市的喧嚣，以及工作和人事的纷扰。作为一个木匠的儿子，父亲回老家的感觉，近乎一种宗教的朝圣。耶稣是木匠约瑟的儿子，当耶稣走出他曾经生活的那个小环境时，世上发生了大事。耶稣每年准时前往耶路撒冷，以古老的习俗为指引，供奉祭品到圣殿之中，他对这片土地充满着挚爱，对父母的教诲深信不疑。我的父亲，在这一点上似乎也是一个圣徒。

2019年春节期间，父亲回到老家，他要思考如何照顾爷爷奶奶的问题。奶奶已经88岁，爷爷也87岁了。春节前一段时间，爷爷生病住院，奶奶一个人在家，可能很担心爷爷的病情，她也出现了尿频尿急的情况，有时候一晚上要起床六七次，内裤要换几次。那段时间，父亲十分焦急，每天要打好几个电话了解情况。爷爷奶奶孩子多，但父亲在北京工作，我的大伯在南昌做生意，小叔在广州经营一家公司，平时都没有时间在老家照顾爷爷奶奶。在老家生活的只有姑姑，但姑姑要照看一对80多岁的公公婆婆，只能偶尔抽空来看望爷爷奶奶。爷爷奶奶年轻时，最大的愿望就是孩子们学习好，一个个都有出息，能够远走高飞，当官的当官，发财的发财。但等到他们老了的时候，却发现当官和发财并不是最为重要的事情，最羡慕的则是别人家儿孙绕膝、宾客满堂。

进入2019年，父亲工作似乎更忙了，他不仅常在单位加班，也经常把活带回家干，有时要干到深夜。母亲也比过去忙了好多，她们公司正在接受巡视，母亲负责牵头接待巡视组，基本上每天都要工作到深夜才能回家。据说要准备很多材料，要解释大量的问题，要提出大量的整改措施，有时需要熬通宵。有一个周末，母亲本来要去湖北参加表哥的婚礼，这是一次大家庭的聚会。但单位临时通知周六周日要加班，她不得不临时退了预订的机票。从家人发出的视频看，表哥的婚礼很有特色，现场被布置成哈利·波特风格。一些参加婚礼的年轻人穿上了黑色巫师袍，手持魔杖，头顶"飞贼"，纷纷在搭好的对角巷、九又四分之三站台等背景下留影。看到这些情景，我顿时心生向往。

父母亲由于太忙，家里很长一段时间没有开火做饭，我只能每天吃外卖。一天早晨，父亲送我去学校时，在车上对我说，希望晚上能回家给我做顿饭吃。那天放学回家后，我没有叫外卖，在家等到六点多，还没见父亲回来，这时我给他打了一个电话，却听见电话里开会的声音，似乎是一个领导在讲话，声音高亢，侃侃而谈。父亲快八点才回到家，进门时，手里拎着麦当劳，一见我不好意思地说："儿子，不好意思，今天实在忙，又没有时间做饭了，也就麦当劳最方便，所以我又买了它。今天没有买鸡肉堡，而是麦香鱼堡，你有好长时间没有吃麦香鱼堡了，换换口味。"一连几天都是麦当劳，父亲还找了个换换口味的理由！父亲买了两份，但他却没有吃。我问他："你怎么不吃？"他叹了口气说："吃不下。"在我追问下，父亲脸色凝重地告诉我，大妈（父亲的大嫂）今天在医院做了全面检查，结果是胆囊癌，而且是癌症四期，也就是晚期，情况非常不妙。

大妈年仅55岁。在我们的大家庭里，大妈很受家人尊敬。大妈勤俭持家，供养的两个孩子都上了大学。近些年来，大伯在南昌经营防水材料生意，大妈也去了南昌，跟大伯一起照顾生意。据说他们挣了钱，在南昌买下了房子和商铺。现在，两个孩子都大学毕业了，都在广州工作，眼看着一家人就要过上好日子了，怎么突然有这个变故？大妈是在广州一家肿瘤医院做的检查。几年前，爷爷也是在这家医院做的手术，非常成功。但愿大妈好人好运，经过治疗，能够康复！

我每次回老家，大妈给我做饭时，总是换着花样，尽可能迎合我的口味。

一些小吃，如毛香粑、欢心团，只有老家才有，只要我回去，大妈就给我做。老家的毛香，是春天才能采摘到的一种野菜，毛茸茸的，有股淡淡的清香，和上米粉，再放上少量腊肉丁，做成粑粑，是我最喜欢的小吃。我通常只能过年才有时间回老家，大妈就把毛香晒成干菜，等我过年回家时，再用水发开，给我做毛香粑。大妈心灵手巧，每年都会给我做一双纯手工的布鞋，布鞋的鞋底是用手搓成的麻线一针一针纳起来的。她都是晚上吃完饭，收拾妥当后，再一针一线地给我做鞋，一双鞋一般要忙活十多天。我给堂哥打电话，询问起大妈的病情时，堂哥非常难过，这个消息对他打击太大了，他刚工作，正想好好孝敬他的父母，让他们过上好日子。我非常理解堂哥的心情，我想办法安慰他，内心与他一样难过。

人们常讲，没有国哪有家。国家和家庭的命运常常息息相关，密不可分。从2018年上半年开始的中美贸易战，几乎影响着每个人的生活、工作和学习。作为一名中学生，我也在其中深受影响。按学校计划，寒假期间我们要去美国游学，但在中美贸易战的背景下，我们的签证被美国大使馆拒签了，据说这种情况以前在我们学校从未有过。

2018年11月28日早七点半，我们统一在学校西门坐车，到美国大使馆办理赴美游学签证。此前，学校老师给我们进行了培训，针对签证官常问的问题，一一都准备了答复口径，不仅培训会上进行了讲解，而且给我们每一个同学都发放了书面材料，要求详细阅读、认真准备。前一天晚上，我在家里认真阅读学校准备的材料时，父亲对我说，正常情况下不用太认真，这种到美国游学的，就是给美国送钱去，美方欢迎还来不及，一般不可能有拒签的风险。但是，在目前中美两国贸易战的背景下，一切皆有可能。

当我们到达美国大使馆外时，发现等候的人很多，那天的天气异常阴冷，我们在使馆外等候了四个小时。当轮到我们时，签证官并没有问我们任何问题，学校为我们精心准备的几十个问题，一个也没有派上用场。我们注意到，签证官与另一个工作人员小声说了什么，便在电脑上进行了操作，然后就把我们的申请材料退还给了我们。不仅没有问任何问题，也没有对我们做任何解释，也不需要给我们做任何解释，就拒签了。带队的老师已经连续十多年带团赴美游学，从来没有被拒签过，她在使馆外，看见我们拒签出来的时候，满脸都是难以置信和失望，一个劲地对我们说："怎么会这样，这么多年都没有出现这种情况啊！"她似乎受到了巨大的打击，站在凛冽的寒风中，不想离开。我们见状，纷纷安慰起老师来。在回学校的车上，我们都很沉默，没有一个人说话，大家可能都在思考着如何重新制订寒假计划。

两个大国之间的关系，竟然与我们中学生的命运连在了一起。中美关系发生了根本性的变化吗？不是说经贸关系是中美关系的"压舱石"吗？难道，现在这块石头的重要性下降了？已经不是"压舱石"，甚至已成为美国遏制中国而随时准备抛向中国的一块巨石？一直以来，美国与中国的关系包含接触、遏制和经贸三个方面，现在遏制的成分明显增多了。

特朗普对中国发动贸易战，据说在美国国内得到了部分人的支持，也有人反对。《华盛顿邮报》专栏作家 Eugene Robinson（尤金·鲁滨孙）的文章《特朗普完全不知道自己在做什么》，认为特朗普是"扭曲的天才，拥有惊人的无知"。总统单方面提高 2000 亿美元中国进口商品关税的决定，引发了完全可以预见的反应，随后，金融市场大为恐慌，道琼斯指数和其他主要股指大幅下跌。特朗普所谓的谈判标准，就是当另一方认为事情是要解决了的时候，他会在最后一刻提出新的条件，以此来获得更大的利益。但是，哪位有经验的谈判者会认为这样的手段会对世界第二大经济强国中国奏效呢？一场严重的贸易战没有赢家，只有输家。

美国《华盛顿邮报》网站 2019 年 7 月 3 日发表一封题为《视中国为敌会适得其反》的公开信。美国百名"中国通"联名致信特朗普总统和国会议员，对美中关系日益恶化深感担忧，认为这不符合美国的利益，也不符合全球利益。他们认为，虽然中国经济和军事力量迅速增长，但许多中国官员和其他精英知道，以温和、务实和真诚合作的态度与西方交往符合中国的利益。美国欲把中国当作敌人并使之与全球经济脱钩的努力将破坏美国的国际作用和声誉，并损害所有国家的经济利益。而且，美国的反对阻止不了中国经济的发展势头、中国企业在全球市场所占份额的上升、中国在世界事务中作用的增强。美国的最佳应对之策是与盟友和伙伴携手打造一个更加开放和繁荣的世界，并让中国有机会参与进来。

美国有学者提出"中美共存"战略。美国《外交事务》杂志刊发 Kurt Campbell（库尔特·坎贝尔）、Jake Sullivan（杰克·苏利文）的文章《没有灾难的竞争——美国如何挑战中国并与之共存》，比较了中美竞争与冷战期间美苏竞争之间的异同，提出中美共存是符合美国利益的战略选择。文章认为，当前的中美竞争与冷战时期的美苏竞争不同。中国比苏联在经济上更加发达、外交上更加成熟、制度上更加灵活。中美合作领域更大，在诸如应对全球经济危机、防止核扩散、防止恐怖主义和防治传染病等方面开展了广泛合作。

国际上大多数媒体认为，中美贸易战不会有赢家，对中美不利，对全球不利，将拖累全球经济复苏。据《欧洲时报》消息，BBC 引述美国战略与国际研究中心贸易政策专家的说法称，中国永远不会满足美国的无理需求。路透社在详细分析了美国征收关税的操作模式后称，美国政府的关税并非由中国政府或位于中国的公司缴纳，实际关税的缴纳者是中国商品的进口商，通常是美国公司或者在美国注册的外国公司，进口商通常会将关税成本转嫁到客户身上，其中大部分是美国的制造商和消费者。

德国《焦点》杂志刊发分析文章称，美国宣布对中国输美商品加征关税，两国之间的贸易争端再度升级，受害者很可能包括德国和美国的车企。该报道援引德国杜伊斯堡—埃森大学汽车研究所专家的说法称，宝马和戴姆勒集团在美国拥有大型工厂，其产品并不只是为了满足美国市场，宝马在美国生产的近三分之一汽车出口中国，戴姆勒集团美国工厂生产的汽车约有 4 万辆出口中国，特朗普把威胁付诸行动以及中国采取的对抗手段，将使宝马和戴姆勒集团大幅减产。

《瑞士视角》杂志刊文指出，作为全球两大经济体，中美经济与全球投资、消费紧密关联，双方经贸摩擦升级将进一步拖累全球经济复苏。2018 年以来，市场对全球经济陷入衰退的担忧挥之不去，中美贸易战将加剧全球投资者对经济前景的悲观预期，全球股市和金融市场不稳定性将加剧。

《日本经济新闻》一篇报道指出，特朗普政府对中国征收的高关税将反过来对美国经济造成负面影响。在中国的对美出口金额中，还包括进驻中国的美国企业制造的产品。特朗普政府针对中国的高关税还将打击在中国生产向美国出口的美国企业。如果中国对美出口减少，提供零部件的美国的出口当然也将下滑。报道还指出，中国对美供货的下滑将成为拉低日韩经济的因素，同时反过来打击美国经济。这就是美国加征关税的"回旋镖效应"。

2019 年 5 月 7 日晚，父亲十点多才回家，表情凝重，据说在单位参与了应对中美贸易战有关材料的讨论。当然，我不能问父亲具体情况，他们有保密规定。我查看手机新闻，当天美国总统发了两条推特，声称要将中国出口美国商品的关税从 10% 提高到 25%。随后，美国贸易代表办公室（USTR）发布声明，美方将于 5 月 10 日将 2000 亿美元中国输美商品的关税从 10% 上调至 25%。那一天中国股市应声暴跌，随后美股道琼斯指数也暴跌近 500 点。

面对美国挑起的贸易战，中国立场非常明确。美方声明发出两个多小时，中方回应就来了：如果美方关税措施付诸实施，中方将不得不采取必要反制措施。《人民日报》很快发表题为《中国决不会屈服于美方的极限施压》的文章，表示在原则问题上中国不会妥协，强调贸易战没有赢家，中国不愿打、不怕打，必要时不得不打。国家主席习近平在一次演讲中指出，"中国经济是一片大海，而不是一个小池塘。大海有风平浪静之时，也有风狂雨骤之时。没有风狂雨骤，那就不是大海了。狂风骤雨可以掀翻小池塘，但不能掀翻大海。"作为世界第二大经济体、制造业第一大国、货物贸易第一大国、商品消费第二大国，中国经济发展的强劲势头主要源于内生动力，外贸已经不再是最主要因素。2018 年，消费对中国经济增长的贡献率达到 76.2%，连续五年成为经济增长的第一拉动力。一个国家的经济韧性，突出表现为抗压能力。这既与总量相关，又与结构相关。而且，中国已是 120 多个国家和地区的最大贸易伙伴，是世界上增长最快的主要市场，是全球吸引外资最多的发展中国家。这些优势使中国经济具有强大韧性。

中国在发出强烈反对声音的同时，仍然宣布中方代表团将于 2019 年 5 月 9 日至 10 日访美，与美方进行第十一轮磋商。从 2018 年 2 月 27 日中美举行第一次磋商，到第十一轮磋商期间，双方团队你来我往，各自代表国家利益，不仅精神上压力巨大，体力上也是不小的消耗。

中美两国之间的贸易，中国存在大量顺差，是否就是美国吃亏了？对此，有中方专家用六方面的数据和事实证明，"美国从中美经贸往来中得到的好处，相当于从一头牛身上剥下来很多张皮"。第一，美国对中国货物贸易逆差将近60%来自外商投资企业，其中相当部分是美资企业，销售这些产品最终形成美国公司的收入和利润。美资企业全球海外销售总额增长的三分之一来自中国市场。中美贸易不平衡中61%来自加工贸易，在实际价值分配中，中国真正得到的增加值很少。第二，美国消费者通过中美贸易获取巨大的消费者剩余。美国市场零售商品中四分之一左右从中国进口，例如，沃尔玛售卖的产品中26%直接来自中国。中国物美价廉的产品源源不断输入美国，降低了美国家庭的生活成本，提升了福利水平。第三，美国输往中国的产品和服务都是中国发挥价格支撑的领域。粮食、能源、飞机、芯片等大宗商品，如果没有中国的大量采购，其价格绝不是今天的水平。第四，20世纪90年代以来，美国出现"高消费、低通胀"奇迹，一个重要原因是人口超过欧美日总和的中国，增加了全球消费品供给。第五，美国获得廉价资本回流。中国贸易顺差积累的资本，以购买美国国债的资产方式支撑着美国的消费和投资，使得美国市场资金成本极低，为经济的复苏和繁荣创造了极为有利的条件。第六，美国长期占有中国巨额储蓄资源。中国人民勤劳节俭，即使在月薪十几美元和几十美元的时候，也会省出一点钱存款。中国的国民储蓄率一直处于较高水平。美国对中国巨大的经常账户赤字，意味着美国同等规模的体系，美国金融体系中直接融资占比很高，存款创造效应低。美国的广义货币和现金增长缓慢，与20世纪七八十年代形成鲜明的对照，足以解释美国经济金融的新秘密：美国甚至连印制和发行美元的费用也节省了很多。

父亲非常赞成上述观点。父亲举了一个例子，以说明上述第一点，即实际价值分配中，中国真正得到的增加值很少，美国分配的增加值远远大于中国。市场上卖的洋娃娃，基本上都是中国生产制造的，在中国市场上卖300

元左右，在美国卖 30 美元左右，但中国生产时，原材料进口大概 1 美元，加工费（含机器厂房折旧）大概 1 美元，出口离岸价 2.5 美元，运到美国到岸价大概 3 美元，美国公司一贴牌，市场价就成了 30 美元，再卖到中国就是40 甚至 50 美元。很明显，中国公司在这里仅仅赚到 1.5 美元，而且还包括人工、折旧和利润，美国公司赚取的利润却超过中国的十倍。

父亲说，美国商场里特别是超市里卖的东西，尤其是日常生活用品，很多都是中国制造，实际上可能远远超过文中说的四分之一。父亲在美国学习时，想给我买一顶美国生产的棒球帽，但在商场里转了大半天，基本上都是"Made In China（中国制造）"，好不容易找到一顶没有中国制造标志的，很急切地买了下来。结果回到住处拿出来一看，在一个非常隐蔽的地方，还是写着"Made In China"，父亲为此十分沮丧。中国产的同样商品，在中国国内比美国的售价要高出许多，比如同一品牌的衬衫，在国内要价 1000 元人民币的，在美国可能就 40 美元，只是国内价格的四分之一。正是中国物美价廉的产品源源不断输入美国，大大降低了美国人民的生活成本，提升了福利水平。

对于第三点，父亲举了另一个例子。有一次，父亲与一位美国芯片公司的朋友聊天，父亲问他，如果有一天美国公司不卖给中国公司芯片会是什么样，那位美国朋友反问，如果中国公司有一天不买美国芯片会是什么样，美国芯片的价格肯定会明显跳水。

对于美国"高消费、低通胀"问题，父亲深有感触。美国人普遍住着大房子，开着好车。据父亲调查，北卡州的很多独栋房子，周边的环境非常好，很多都是被森林环绕，一般也就 40 万美元左右。同样的房子如果在北京，没有 2000 万元人民币是不可能买下来的。在美国，电视上正在做广告热销的新车一般也就 2 万多美元，不到一个普通美国人半年的工资收入。而在中国，同样的好车一般在 40 至 50 万元人民币，需要一个普通中国人几年的收入。美国大学食堂里，全都是一次性的餐盘和刀叉，而中国大学食堂里，学生们大多是自带碗筷，父亲认为在美国大学里这是一个巨大的浪费。所以说，在美国，高消费无处不在。是什么支撑着美国人的高消费？

父亲认为，中国经济发展快，其中一个重要原因是几亿农民工背井离乡、日夜劳作的贡献，也有大量已经退休本来应该安享晚年的老人们的贡献。在美国，一对年轻夫妇如果有了孩子后，老人一般不会带孙辈，通常是年轻母亲辞职在家，专门照看孩子。而在中国，则是老人承担了照看孙辈的任务，这样年轻母亲则可以正常上班。从某种意义上说，这就相当于已经退休的老人们间接参与了社会经济活动，增加了社会 GDP。父亲还讲过一个亲身经历的故事，一次他们的车轮胎瘪了，就开到一个汽车修理点，到的时候已经下午四点五十分，离五点下班时间还有十分钟。一名女修理工，是个黑人，她用手在那个瘪了的轮胎上摸了一圈，因为那天正下着雨，她的手上满是泥巴。父亲心想，这位美国人真是敬业，服务态度极好！但他没有想到，那位女修理工，一边冲洗着手上的泥巴，一边对父亲说："轮胎扎了钉子，已经五点了，我得下班，你明天再来吧。"父亲感到十分无奈，要是在中国，补个轮胎也就五分钟的事，无论哪个地方，什么样的工人，既然已经检查出是扎了钉子，无论如何也不会让顾客把车开走，明天再来的。父亲说，那天把车开回来后，一直觉得那颗钉子不是扎在轮胎上，而是扎在他心上一样难受。

父亲还谈道，回顾美国的经济史，美国股市的增长离不开中国的改革开放。1982 年美国股市的道指才 1000 点，2019 年道指超过 25000 点，涨了 25 倍。20 世纪 80 年代，中国是一个劳动力严重过剩、劳动回报（工资）水平极低、资本和技术极度稀缺的国家。美国是一个劳动力不足、资本和技术过剩的国家。从最基本的经济学原理就可以知道，两个国家一旦互相开放，美国的资本和技术回报会迅速上升。全球化特别是中国的开放，让美国资本回报率大幅提高，带来了股市的奇迹，中国的劳动回报也大幅上升。1982年到2019年，中国人均收入按人民币计价也涨了几十倍。由此可见，两国优势互补，加强经贸合作，对双方都有利。

父亲认为，贸易战没有胜负，谁也赢不了，最终的结果要么继续合作，要么两败俱伤。就像一个村子里，如果就两户人家，一家有钱，平时拿钱请人干活，一家有劳力，靠出卖劳力赚钱养家糊口。如果这两家人打起来了，自然对谁也没有好处。有钱的人家，没有人给他干活了，出劳力的人家再也没钱可赚了，这就是两败，没有赢家。在打起来之前，双方都会威胁对方，一个会说我不要你干活了，一个会说我不给你干活了，这时候谁高谁低、谁胜谁负分不出来，原因就是他们各有优势、互相依赖，只有等到真正打起来了，才发现没有赢家，对双方都不利。应该说，中美两国就是这种情况。

既然贸易战只会导致两败俱伤，那么美国为什么要发动贸易战呢?

美国著名政治学者萨缪尔·亨廷顿在《文明冲突和世界秩序重建》一书中提出，中美的文化差异或许是中美冲突的原因之一，但如果就此得出结论，历史、文化、传统的不同必然导致冲突并且不可调和，则未免有些难以令人信服。美国用极限施压的方式挑起中美贸易战，这绝对不是文明的方式。可以说，贸易战虽然是没有硝烟的战争，与其他任何战争一样，都是不文明的，更不能借着文明冲突论，披上一件华丽的外衣。新华社有篇《用"文明"粉饰霸权，很不文明!》的文章指出，所谓美中"文明冲突""文明较量""文明对抗"的论调，是假文明之名给霸权主义、强权政治涂脂抹粉! 文明没有高低优劣之分，应当平等共存，这是人类付出极大代价得出的惨痛教训。熟悉历史的人都知道，美国社会多元文明共存的局面，并非天上掉下来的，而是付出了很大代价才实现的，直到今天仍脆弱而敏感。中华文明上下绵延五千年，始终在交融互鉴、兼收并蓄中丰富和发展。过去，中华文明没有和任何文明产生文明冲突，现在、未来也不会与其他文明产生文明冲突。中美两个大国，理应求同存异，以开放心态加强对话，为破解文明冲突做出探索和贡献。

中美贸易战的根本原因，其实并不是贸易冲突，而是美国要遏制中国，不希望被中国超越。应该说，美国担心的还不是经济总量上的超越，那是迟早的事，即使经济总量上中国超越美国，人均水平还会差得很远。美国真正担心的是在全球影响、技术和创新上被中国超越。中国改革开放以来，经历了三个时期的现代化发展：第一个时期，中国在改革开放初期，主要依赖的是低成本的制造业发展，生产的大多产品属于低价产品。第二个时期，中国大力发展市场经济，极大地激发了市场活力和全球竞争力。中国已成为通用汽车和苹果公司最大的市场。第三个时期，中国提出要成为一个创新驱动的经济体。而且，中国经济在很多方面已经呈现出创新驱动的竞争优势，在一些技术领域已经成为全球领先国家。比如高铁，过去十年，中国高铁里程数已经超过全球所有国家的总和。高铁并非中国发明，世界上第一条高铁是日本的新干线，已经有五十多年运营历史了。中国所做的，实际是对高铁进行了一个垂直的升级。中国没有发明高铁，但是对高铁进行了创新。又如移动支付，目前中国的移动支付规模是美国的 50 倍，其实移动支付最初是由 PayPal 公司在美国发明的。还有机器人，目前美国有 38000 个工业机器人，而中国目前有 14 万个工业机器人。工业机器人最早发端的地方是美国，但是到了中国才真正实现了规模化。未来十年，中国在人工智能领域的投资也将远超美国，因为美国对人工智能的投资全部来自风险投资等私人部门，中国的投资则主要来自政府的支持。

罗纳德·科斯，1991年诺贝尔经济学奖得主，新制度经济学的奠基人之一。在他102岁去世前的最后四年，写了一本《变革中国》的书，书中有三个结论：第一，1978年以来中国的改革开放是二战以后人类历史上最为成功的经济改革运动。第二，中国的经济总量在未来十几年内超过美国是一个大概率事件。第三，虽然中国已经很成功，它的发展还会延续。中国的经济发展，没有办法用传统的西方经济学来解释，中国改革的成功是人类行为的意外结果。

美国历史上曾多次挑起经贸摩擦，结果如何？ 1930年，美国出台《斯姆特—霍利关税法》，大幅提高超过2万种外国商品的进口关税，引发各国报复，结果是美国深陷大萧条，全世界也经历了有史以来最严重的经济危机。到1933年，美国出口下降61%。1929年至1934年，全球贸易规模萎缩约66%。20世纪七八十年代，美国对日本生产的电脑、电动工具、电视、汽车等征收高额进口关税，挑起经贸摩擦。然而，美国的贸易赤字并没有因此缓解，反而从20世纪80年代初的300多亿美元大幅攀升到80年代后期的1700亿美元。高盛银行发布报告认为，美国政府对中国输美商品加征关税产生的成本完全落在了美国企业和消费者身上。经合组织发布的世界经济展望报告认为，中美贸易争端激化可能导致2021年至2022年全球GDP损失0.7%，达到近6000亿美元，升级经贸摩擦不仅会严重危及全球产业链和供应链安全，还会显著加大全球经济衰退风险。

既然贸易战只有输家、没有赢家，中美两个大国应该怎样相处？怎样处理好存在的分歧和矛盾？这对于两个大国，甚至对于整个世界来说，都是极其重要的问题。对于生于中国、长于中国的我来说，希望将来到美国大学学习，有志于深入研究和探寻中美两个大国和平相处之道。我觉得，这比学习某一项先进技术重要得多。正如当年鲁迅弃医从文，觉得医治国民身体上的疾病，远没有医治国民精神上的疾病更为重要。中美贸易战的持续，给我们的赴美留学之梦带来了很多的不确定性。我们时刻关注着中美两国出台的与留学相关的政策，这与我们的前途密切相关。我们不能置身事外，更不能也不会冷眼旁观。

美国部分国会议员 2019 年 5 月 14 日提出一份法案，拟限制部分中国公民赴美学习或进行学术交流。这一做法凸显一些美国政客对中美间正常人员往来的无端忌惮。这份法案称，对于所有申请赴美学习或进行学术交流的中国公民，若其研究学科在美国"商业管制清单"中，签证官应征询"安全咨询意见"，即将申请人材料寄回华盛顿，以对申请人进行额外审查。不仅如此，法案还称美国国会认为"澳大利亚、加拿大、新西兰、英国也应该采取相似措施"。参与起草法案的议员不少是国会"强硬派"。

2019 年 5 月 23 日，耶鲁大学苏必德校长发表《耶鲁大学对国际学生和学者的坚定承诺》一文。该文写道：近几周以来，美国和中国关系的紧张以及学术交流审查的加剧，增加了耶鲁大学和全美大学众多国际学生和学者的不安。现在，我书写此信以申明耶鲁大学对国际学生和学者的坚定承诺，因为他们对于我们的大学社区至关重要。目前共有来自美国以外的 123 个国家的 2800 余名学生在耶鲁学习，还有近 2700 名国际学者在耶鲁进行研究和教学工作。来自世界各地的教职人员在这里创新知识、教导学生，并为我们的有"智"社群增添了不可估量的价值。他们共同为耶鲁大学的研究和教育事业做出了重要贡献。通过招收和引入才华横溢和前途无量的学生和学者到我们的校园，我们促进了新的发现，推动了耶鲁致力于"为今天也为后代改善世界"的使命。我们坚持欢迎来自世界各地有才干的同事。这丝毫无损于我们对学术诚信的追求。我正在与美国大学协会（AAU）的其他大学校长一道，敦促相关联邦机构阐明其对国际学术交流的担忧。我们对于国际学生和学者的承诺：国际学生和学者在耶鲁的校园是受欢迎和尊重的。我们感谢他们在共同追求知识与真理中表现出的专业、创造力和奉献精神；我们申明他们属于耶鲁社区的成员。我在此提示，遇到签证或其他任何问题的国际学生和学者，请联系耶鲁的国际学生和学者办公室。我将继续为获得政府政策进行呼吁，以支持在美国工作和学习的国际学生和学者。开放是美国顶尖研究型大学取得卓越成就的关键，也必须始终是耶鲁大学的标志。我想说，耶鲁不愧为耶鲁，这才是世界著名学府应该有的担当！坚持真理，排除政治干扰，在风云涌动的特殊时刻，越是世界名校，越能彰显出其雄厚底蕴，而不是随风起舞。耶鲁不仅属于美国，也属于世界！

亚利桑那州立大学当地时间 2019 年 8 月 30 日发表声明，确认该校 9 名返校中国留学生过去一周来被拒绝进入美国。校方透露，9 人均是本科生，其中一人即将毕业。他们在洛杉矶国际机场入境时被美国海关及边境保护局扣留，还被搜查了随身电子设备。随后，海关及边境保护局官员告知学生：拒绝入境，需要自费购买返程机票，否则将面临五年不能入境美国的惩罚。据透露，该校校长已亲自"上书"美国国务卿蓬佩奥和国土安全部部长麦卡利南，要求评估每名学生的案件情况。在 2018 年 8 月的一场白宫晚宴上，特朗普当着一众 CEO 及白宫高级职员的面，不点名批评了某个国家，称"几乎每一个（从这个国家）到美国来的学生都是间谍"。参加晚宴的人表示，特朗普所指的国家不言自明。中国外交部发言人曾表示，人员往来是促进中美两国间各领域交流与合作的基础。中美双方应采取更加积极的措施，使两国人员往来更加便利，进而为两国各领域交流合作创造更好的条件。美国之所以强大，最重要的原因就是科技教育的强大，吸引了全世界科技教育精英分子来到美国。如果禁止中国学生来到美国，对中美来说无疑都是损失。

父亲曾跟我说过，他小时候，村子里有个石匠的儿子，恢复高考后考上了中国科技大学。后来留学美国耶鲁大学，毕业后成为普林斯顿大学教授。他是爸爸小时候的偶像，也是村子里传说了几十年的佳话。这样优秀的人才，其大学之前都是在中国接受教育，相当于中国免费给美国培养了一名高级人才。如果美国关上中国留学生这扇大门，对中国不是什么好事，对美国同样也不是什么好事。虽然很多中国人到美国求学，但从人才流动上看，基本上是中国人才单向流向美国，很少有美国人才流向中国。如果关上这扇门，中国就会留住更多人才。另外，如果将中国学生每年在美国花费的几百亿美元节省下来，用这些钱从全球招聘优秀教授，中国的大学无疑也会很快提升质量，不一定还需到美国留学。当然，科学文化还是需要不断交流的，没有交流碰撞，势必使人类失去众多进步的机会。如果当初中国发明的指南针不传到欧洲，欧洲的航海会有那么发达吗？会有哥伦布发现美洲大陆吗？会有今天的美国吗？如果中国发现的造纸术没有传递到欧洲，欧洲的文明有今天之成就吗？

2014年，时任美国总统奥巴马的夫人在北京大学演讲时，特别强调了中美之间加强学生交流的重要性。她说，我今天来到这里，是因为我知道，我们的未来，取决于全世界像你们这样的年轻人之间的联系。为什么我们夫妇在国外访问时，不只参观宫殿和会晤国家元首，我们也来到学校，与像你们一样的学生见面。因为我们相信，国与国之间的关系不只是政府或领导人之间的关系，它们是人民之间特别是年轻人之间的关系。我们认为，海外留学项目不只是为学生提供的教育机会，还是美国外交政策至关重要的组成部分。我想要说的是，出国留学绝不仅是改善你们自己的未来，也关乎塑造你们的国家、关乎我们共有的世界的未来。因为我们这个时代的决定性挑战，无论是气候变化、经济机遇，还是核武器扩散，这些都是我们共同的挑战，没有任何一个国家能够单独应对，唯一的出路就是共同携手。

奥巴马夫人还说，这就是为什么年轻人到彼此国家学习和生活如此重要。因为这是你们培养合作习惯的途径，你们通过融入不同的文化，通过了解彼此的故事，通过跨越常常隔膜我们的成见和误解，来做到这一点。这是你们认识到我们的成功惠及彼此的途径。在北京发现的治疗方法可以挽救在美国的生命，来自加州硅谷的清洁能源技术可以改善中国的环境，西安一座古老寺庙的架构可激发达拉斯或者底特律新建筑设计的灵感。我们希望在所有种族和社会经济背景的人之间建立联系，因为正是这样的多样性让我们的国家如此充满活力和强大。我们的海外留学项目应向世界反映美国的真正精神。今年，在我们纪念中美两国关系正常化三十五周年之际，美国政府实际上支持更多的美国学生在中国学习。我们正将高中生、大学生和研究生送到这里来学习中文，也邀请中国老师到美国教授普通话，我们还为希望留学美国的中国学生提供免费的在线咨询。所有人都应享有实现自己最大潜能的机会。当你在中国这里以及在美国了解新的文化、结交新的朋友之时，你整个人就是那些价值观的鲜活代表。通过出国留学，你们不仅在改变自己的人生，也在改变你所遇到的每个人的人生。

我还记得，美国前总统约翰·肯尼迪谈到留学美国的外国学生时，曾说过一句非常有哲理的话，"我想，他们教给美国的比他们从美国学到的还要多。"特朗普与肯尼迪都是美国总统,对同样的问题认识怎会如此大相径庭?父亲曾经在华盛顿坐出租车,热情的美国司机跟他聊起中美关系,说起中国时,他竖起大拇指说:"China is up(中国崛起了)!"说起美国时,他将大拇指朝下说:"USA is down(美国正在衰落)!"美国现在的一些做法,是否是开始走下坡路的表现?或许是其开始走下坡路的原因。

2019年12月31日,这一年的最后一天,微信的朋友圈里大家都在与过去的一年作别,最触动人心的有这样几句话:"生活依旧痛苦吗?""也不完全是,偶尔会带点甜味。""明年会更好吗?""一定会的。"据说这是哪部电影中的台词,但我并不知道是哪个年代的什么电影。大家仍然相信来年会更好,说明大家内心仍充满着希望。生活中有失望,也会有希望,任何时候都不能轻易妥协,更不能随意放弃。罗曼·罗兰说过:"世界上只有一种英雄主义,那就是认清了生活的真相之后,仍然热爱生活。"

金庸先生在《笑傲江湖》里写道:"这个世界在变,我们没有办法。只好改变自己。"正如一年有四季,寒冬总是不可避免。每一次的寒冬,都是地球生态的重新轮回,万物生灵的再次孕育。当春天来临的时候,再回望这一场寒冬,便不觉得那么冷了。换一个角度看冬天,每一片雪花的坠落,又都是一片希望的降临。《神雕侠侣》里小龙女说:"这些雪花落下来,多么白!多么好看!过几天太阳出来,每一片雪花都变得无影无踪。到明年冬天,又有许许多多雪花,只不过已不是今年这些雪花罢了。"愿寒冬带来的是一次历练,也是一次成长。

七　美国研修

家 MY Family

2018 年 12 月，中美两国领导人在阿根廷召开的 G20 会议上达成共识，中美贸易战暂时得以休战。在此背景下，2019 年 1 月 8 日，我们赴美游学的签证获得通过。1 月 20 日，伴随着期末考试结束的第二天，顾不上考得好坏，也来不及等成绩出来，我们国际部的同学就分成 5 个团，纷纷出发，分别前往美国的加利福尼亚州（以下简称"加州"）、马萨诸塞州、明尼苏达州、亚利桑那州、华盛顿特区，踏上了奔赴美国研学的旅程。

我所在加利福尼亚团，是个由 25 个同学和 3 位老师组成的集体。由于此前我们有十多个同学的第一次签证被拒，此前中介给我们订的直飞机票取消了。因此，当第二次签证成功时，我们只好订了另一个航班，不是直飞，而是要从西雅图转机至加州。

我们的航班起飞时间是中午十二点多。按照团里的要求，早上九点我们 10 个同学和 1 位带队老师准时集合在首都机场 2 号航站楼的国际出发口。每个同学的家长都到机场送行。面对言语不多的父母，我的心中有着分别的不舍，毕竟长这么大，第一次要远离父母，飞越大洋，独自到美国学习和生活。父母也是第一次与我分开这么长时间，他们在家里总开玩笑说，把我送到美国，他们就解放了，将享受十六年来最轻松的一个假期。真到了分别的时候，看得出来，他们心中的不舍远远超越我的感受，再掺杂上对我第一次远行的不放心，他们的脸上显露着明显的不安，嘴里不断重复着穿衣吃饭、注意安全等不知说了多少遍的注意事项。

我的心中更多的是期待。随着炼狱般初三生活的结束，选择了国际部的我们，高一的学习其实比初三还紧张，更辛苦。国际部的日子，除了应付正常的课堂学习和作业外，课间和课后的所有时间，都被托福、听力、背单词等占有。我们生活的环境，面对的不是蓬松的沙地，而是被密密实实地灌进了水泥浆，形成了密不透风的水泥板，重重地压在我们身上，压得我们没有喘息之机。但这种生活，对于国际部学生来说，一般都是自己的选择，而不是父母强加的。此时此刻，心中还是有一种逃离的感觉。甚至不禁想起那句熟悉的话：生活不应仅有上课和考试，还有诗和远方！不是吗？除了成天学习，我们也有青春的期待与年少的梦想。

加州是世界第五大经济体。这里是全世界科技创新的中心，是美国电影工业的集中地。我们将在奥兰托高中学习三周时间，然后将参观加州附近的几所著名大学。此前，老师们已经给我们介绍过加州研修的安排，奥兰托高中有卓越的医药学、数学、社会学等课堂学习和观摩，我们将参观警察局、肿瘤医院、市政厅，现场感受 NBA，参观环球影城、好莱坞等。一想到这些，我的心中就充满着期待！

我是第一次去加州，也是第一次去美国。我们排好队，过了安检，与各自的父母挥手作别。飞机起飞后，我就在想，加州的生活会是什么模样？万斯在《乡下人的悲歌》中写道，他十多岁时，吉米舅舅邀请他去加州，并掏钱给他买了机票，让他第一次有机会离开俄亥俄州的米德尔敦，乘飞机到加州玩。万斯因此感到大喜过望，在飞往加州的六个多小时的航班上，他兴奋得没有闭过眼睛，一路欣赏着机舱外的景色。他在加州度过了非常快乐的时光，感受到加州是一个不同的、特别的地方，社会治安良好，小区邻里和善，警察对人彬彬有礼。对于坐飞机，我没有什么可兴奋的，但对于加州，我还是充满着向往和好奇。

飞机上的饭菜还真不错，中午是香酥鸡块配上汤汁和米饭，中间还有腾着热气、浓香四溢的牛肉三明治加餐。很长时间没有喝可乐了，我有点放纵自己，一连喝了两三杯，全身一下子通畅了起来。

当机舱里灯光被调暗，大家都安静下来时，我看了一下手表，是洛杉矶时间凌晨两点，此时是北京时间晚上六点，也就是说我们已经离开北京六个小时了。听说，飞机到美国有两条路线，一是飞过北冰洋，一是飞过太平洋。此时，我很好奇，座舱下到底是冰天雪地的北冰洋，还是广袤的太平洋？我自己分不清，也不好意思问别人。大部分人都进入了梦乡，我却睡意全无。按北京时间，我们通常还在学习、做作业，身体里的生物钟还没有转到睡觉的时刻。我打开飞机上的小屏幕，上面有很多中外电影。很长时间没有看电影了，这下可以放松地好好看看。看着看着，我的耳机不知道什么原因坏了，没有声音，也不想麻烦服务员换一个，于是就继续看"无声电影"，似乎回到了卓别林无声电影的时代。

洛杉矶时间上午十点多，我们到达西雅图。在老师带领下，办完转机手续后，我们在候机厅找了位置坐下来，大家好像都没有兴趣去闲逛。老师拍了两张照片，发到家长群里，告诉各位家长，我们已经安全抵达西雅图。我在手机上立刻看到父亲从家长群里转发的照片，此时北京时间是凌晨两点，说明父亲还在惦记着我，还在关注着手机上的任何动静。机场四周很安静，不像首都机场那么人山人海，人声鼎沸。我们旁边的一位美国阿姨，一刻不停地织着毛衣，似乎很是享受旅途中这种安静的等待。小时候也见过妈妈织毛衣，那已经是十多年前了。突然有点想家，家中的情景在脑海中一幕幕滑过。

斜靠在座椅上，不想动，也不想说话，心中真有一点"露从今夜白，月是故乡明"的感觉。

经过长达十多个小时的旅途奔波，疲惫不堪的我们顺利抵达加州。一下飞机，一股清新的空气迎面而来，预示着一个全新的环境在等着我们，我们将探索一种新的学习和生活方式。载着我们的大巴，从机场出发后，很快就进入了奥兰托高中所在的小城市 Pico Rivera（皮科里韦拉）。沿途经过一些小镇，镇子都不大，也就几个街区，没有想象中洛杉矶的时尚繁华，也没见到硅谷现代化公司的高楼大厦，街道边点缀着一些商铺和快餐店。

傍晚时分，车子直接开到奥兰托高中。在停车场，我们分别与各自的接待家庭接上头。接待我和我的同班同学小王的是一对美国白人夫妇，Sabby（萨比）和 Kathryn（凯瑟琳），我们简称其 Kat（凯特）。一见到我们，他们便热情地跟我们打招呼、握手、拥抱，满脸洋溢着长辈的慈祥，我们心中的陌生感顿时消失。同行的带队老师给我们与美爸美妈照了一张合影，通过微信发到了加州团的家长微信群，不到一分钟我就看到了母亲在微信里的反馈："看到孩子和美爸美妈了，谢谢老师！"美爸非常利索地将我和小王沉重的大箱子放进车后备厢，他身材不高，但非常壮硕，看得出他是个平时爱健身的人。

沿着加州郊外的公路，我们大约行使了半个小时，就到了美家所在社区。这里是一排排结构相仿、颜色相近的住宅，房子大多是红顶砖房，外观都比较简朴，但街区非常清静、整洁。美家有三个哥哥，一个已经工作，一个在读大一，一个在读高中。三个哥哥帮我们搬行李，把我们送到楼上的房间。房间不大，放下两张单人床后，基本上没有什么空间。我赶紧打开行李，拿出父母亲为美家准备的礼物，给美爸的是两盒中国红茶，给美妈的是中国丝巾，给三个哥哥的是我专门挑选的北京手工艺品毛猴，他们都非常喜欢我送的礼物，三个哥哥饶有兴趣地听我介绍毛猴的制作工艺。由于第一次这么长时间坐飞机，真的非常疲惫，与美家简单寒暄后，我们就洗澡睡觉了。

第二天是美国的马丁路德日，放假一天。我们正好休整一天，睡了一个大大的懒觉。起床后，美家带领我们去参观了好莱坞，以及两个不错的美术馆和博物馆，天黑了才回到家。美爸下厨做了晚饭，有汉堡、意大利面，还特意为我们两个来自中国的孩子做了炒饭，我们吃得很开心，一时没有了初次离家的点点紧张和淡淡忧愁。吃完晚饭，美家的三个哥哥便去了我们隔壁的房间，都戴着大耳机，敲击着键盘打起了游戏。他们打游戏很投入，三个人一起玩，他们的父母并不干预，这可不像我们在国内上学期间，整个晚上都要泡在作业里，父母绝对不让打游戏。

1月22日，到达美国的第三天，我们开始了在奥兰托高中的学习生活。美国中学也是早晨八点开始上课。我们到学校体育馆集合后，学校的校长、教导主任先后给我们介绍了学校的基本情况和学习安排。校长个头不高，上身穿衬衫，系着领带，外罩休闲马夹，下穿休闲裤，典型的美式打扮。虽然他是白种人，但皮肤晒得麦黄，脸型却很像亚洲人，光头，蓄着大胡子，胡子又黑又密。校领导致完欢迎辞后，我们分别与各自的学伴进行了对接，我的学伴是一位女生，叫 Sarah（莎拉）。Sarah 非常热情地做了自我介绍，带领我参观和熟悉了校园，在参观过程中边走边给我介绍了学校的相关课程和选课方法。Sarah 是个学霸，SAT 考了 1550 分，她的目标是常春藤大学。

Sarah 比我大两岁，比我们显得成熟得多。其他同学也有同感，认为美国的学伴比我们普遍要成熟。分析其原因，可能主要是美国学生自主性比较强，无论在家庭还是在学校，更多的是自己做决定，例如学校里各种各样的课，学生都要自己选修，基本上没有家长参与意见。另外，有些课非常实用，如烹饪、摄影等，这些课对于学生的成长和成熟是大有益处的。反观我们中国学生，家长一直管理着我们的生活，也参与着我们大多数的活动，甚至很多课程和课外班都是家长给我们量身定做。做饭、洗衣等，更不需要我们伸手。我们不离开父母，就没有独立的生活，也就难以真正走向成熟。

我上的第一节课是摄影课，是Sarah带我去上的。此前我从未碰过照相机，仅仅用过手机照照片。对于我这样一个零基础的学生，一堂课下来，还真学到了不少拍摄和处理照片的技术，课堂上老师注意到我们中国学生，还让我现场试拍了一张照片并进行了讲解，对我给予了很大的鼓励。

学校里所有的课程都对我们开放。不到一周的时间，我们就把数理化、美国政治、美国历史、文学戏剧、解剖学等课程尝试了个遍。中国学生在理科课堂上，真是比主场还放松，简直就是我们的秀场，化学课上的方程式配平，物理课上的物质的量计算，数学课上的多项式除法、求极限，对美国学生来说似乎都是难点痛点，而对于我们来说，基本上都不在话下，轻松应对。美国老师和同学们经常看着我们表演，有些目瞪口呆、瞠目结舌，他们常常用"天才"来表达他们对我们的赞许。意想不到的是，生物课解剖的竟然是一只小猪！说实话，我们在生物课上关于人体和动物的结构都学过，但直接面对一只小猪的尸体，我们还是第一次，有些紧张，也有些惊喜和期待。一节课下来，在老师的带领下，通过对小猪的解剖，我们对其身体结构有了感性认识。说实话，通过这种强烈的感观刺激式教学，我估计一辈子也不会忘记所学内容。应该说，美国学生动手能力强，这也是美国教学讲求实际操作的一个结果，我们国内的教育在此方面还是有所欠缺。

然而在一些人文学科上，老师一般会考虑我们的语言基础相对美国学生要薄弱，所以课堂上经常会特意放慢语速，讲解得更加细致。英语课上，也在讨论熟悉的《了不起的盖茨比》，讨论得很深入。这本小说对于中国学生来说，阅读上有一定困难，对美国学生来说，好像也不是特别轻松，至少对其中的一些描写，他们也有着各自不同的理解。美国政治课是我最喜欢的一门课程。讲美国政治的老师叫 Sauceda（绍塞达），我很喜欢他，他的课干货很多，讲课效率极高。Sauceda 十分独特，穿着非常不讲究，碰到超级碗比赛，他就穿上喜欢的球队队服，充满着运动的活力。美国政治课让我们比较系统地了解了美国"三权分立"的政治架构，也了解到了美国民众对特朗普政策的一些看法，老师和同学们对特朗普有各种不同看法，有支持，也有反对，大家都自由讨论。

美国课堂素以开放著称，我观察确实如此。美国高中师生关系十分和谐，学生老师经常互开玩笑。午餐期间，老师同学有说有笑更是常见。这种无隔阂的关系其实可以造成很多意想不到的结果。还是举美国政治课老师 Sauceda 的例子吧。在我第一节课踏入教室时，或许是我的校服引起了他的注意，他立马认出我是一名交换生，十分热情地上来握手，还主动询问了我的名字。讲课过程中，他的语言富有亲和力，让人不由自主地想倾听，自然就有了做笔记的念头。几周下来，笔记记了不少，也确实学到了不少东西。我们的带队老师还把我的政治课笔记放到朋友圈里晒了晒，父母注意到后，给了我大大的赞。

老师与学生建立良好的关系，可以起到使学生更加专注课堂的作用。而反观国内的一些老师，虽然确实想将知识传递给学生，但无奈课堂气氛过于紧张，导致学生厌学，适得其反。能够在课堂上与学生保持这种张弛有度的气氛，若没有一定的经验，确实很难办到。话又说回来，过度的开放也会导致相反结果。我也注意到，美国一些课堂上，因为老师与学生过度融洽，也导致课无法正常进行，教学进度被严重拖缓，一节课下来，才讲了一两个小知识点。在课堂上做到张弛有度，看来并非一件易事。

在奥兰托高中充实而愉快的第一周很快就结束了。我们的带队老师 Ellen（艾伦）告诉我们，第一周大家可能比较拘谨，第二周开始就会放松起来，第三周多会"野"起来。现在看来，"野起来"来得比老师预想的要快得多。正如有的同学说，与美国老师和同学刚开始见面时，连握手都感到尴尬，不出几天，我们就开始用"Hey，Bro（嘿，兄弟）！"来跟男同学打招呼了。有的跟女同学、女学伴，感情升温得更是快。

我的同室王同学在一篇研修记录中颇婉约地描写了他的学伴。奇文共欣赏，我附之如后，这也是我们在美国游学的另一种观察和收获吧。文笔真的太好，我自叹弗如，但更要紧的是王同学在短短两周内，感情升华如此之快，这一点使我望尘莫及。其文如下：

　　El Rancho 的时间仿佛具有一种魔力，似沙砾从指间的缝隙中逃窜，迂缓却又让人无计可施。三分之二的时间即将弹指而逝，余下的一周未免会留给人以些许缺憾与依恋。就像人们总会倍加珍视每个周日夕晖散尽后的夜晚，只因下一次的邂逅，总显得遥遥无期。

　　我曾似是无意地问过 Sam（山姆），"Will you miss me when I leave（我离开时你会想我吗）？""Of course I will（我当然会的）."几乎是不假思索地回答。我分辨不出她这话中的真伪，是挚友间的依赖，抑或只是随意的敷衍。不经意地偏过头看了她一眼，发现她也在注视着我。在那双令我赞叹不已的蓝色瞳眸中，我看到了在阳光下散发着夺目光芒的莱茵河，沉睡于河底的黄金，闪烁着独有的迷人光泽。几秒的无言对视后，我们都笑了。她没再说话，答案我却已经得到。

作为垒球队的一员，Sam 每天下午需要训练。一天下午，坐在食堂侧门旁的石阶上，啃着剩下的半袋胡萝卜条，偶尔同场地上飞奔的女孩们挥手致意。她们像朵朵娇艳而热烈绽放的玫瑰，光芒四射，不似樱花般的日本女孩那样温柔含蓄得如同一幅幅出自森本草介笔下的静物画，也没有法兰西百合那样的洒脱浪漫。她们所具有的是一种别样而独特的美——热忱而芬芳。女孩是花朵，无论在哪里绽放。

第二周，我们参观了一家警察局。父亲在杜克大学学习时，也参观过当地的警察局，警察局给他们送的小礼物就是一套塑料做成的警徽、手铐之类的小东西，那时我还小，父亲将这些东西带回来送给我，我真的很高兴，对美国警察局从此充满着好奇。那天在加州警察局里，印象最深的情景，就是那个大个子警官跟我们说的"每次上班时，我都要亲吻妻子和孩子，因为我真的担心这是最后一次亲他们，因为总有一些家伙想朝我们的脑袋开枪"。说着，他拉了拉外套的领子给我们看里面的防弹衣和小刀，他的手枪放在右面腰间靠前一点地方。他说，你要用最快速度拔出枪，才可能抢在坏人开枪之前将其击毙。也只有以最快的速度开车，才能抓到坏人。因此，在美国当警察是很危险的，是要随时准备付出生命代价的。美国社会几乎人人持有枪支，即使近几年累累出现校园枪支暴力事件，但控枪也仅仅局限于公开的讨论上，没有任何进展。在万斯《乡下人的悲歌》一书中，万斯的姥姥就成天挎着一支子弹上膛的手枪，他姥爷汽车的座椅下也是子弹上膛的枪。面对随时可能出现的持枪歹徒，在美国做一名警察真的要有一颗勇敢的心和奉献精神！警官挺直腰，脸色凝重地对我们说，不是所有人都愿意当警察，也不是所有人都能当警察，但是当你做好心理准备为了别人付出生命，你就已经是一位英雄。我理解，这就是一种职业精神，既然你选择了警察这个职业，就要尽职尽责，随时准备为保护别人的生命而付出自己的生命！

篮球应该最能代表美国的体育精神。在美国这片神奇的国土上，NBA有着特殊的意义，充斥着让人热血沸腾的吸引力。父亲在杜克大学学习时，该校篮球队是美国大学里的传统强队，其教练就是传奇的K教练。父亲回来时，给我带了一套杜克篮球队的队服，还有K教练的人偶，被我当作宝贝收藏了起来。父亲还给我绘声绘色地讲过，美国朋友请他们现场观看的一场NBA球赛。朋友给父亲花费颇多地买了第一排坐在篮球场地板上的位置，能够明显地感受到篮球在场地上震动的节奏，比赛紧张的气氛将球的震动与心脏的加速跳动缠绕在一起，与平时在电视上看比赛有完全不同的感觉。不仅如此，还可能因为球员为扑救一个球而滑向场边观众席，从而与仰慕的球星有亲密接触的机会。还有一点印象特别深刻，就是每当暂停时，现场的摄像师就会把镜头摇向观众席，随机对准一男一女，不管他和她是否是一对，都要当众亲一下，这时球场上就会响起兴奋的掌声，篮球馆上空会飘下玫瑰花瓣，场面非常浪漫温馨。

按照计划，我们会组织到洛杉矶斯台普斯中心看一场NBA比赛，对此我非常期待。第二个周末，我们的愿望终于实现。这是我们第一次现场看NBA，自然很兴奋。带队的导游刚好是一位从小生活在二龙路、三十五中学毕业的老北京，一见我们来自实验中学，说起话来非常亲近。随着道路两边的建筑物越来越高，车外能看到很多球迷打扮的人朝着一个方向进发。我们心里就想，大概洛杉矶篮球的圣地、NBA 唯一一座双球队共用的主场——Staples Centre 就要到了。开场前半小时左右，我们的车停在赛场外停车场。那里已经人山人海，各种肤色、各种打扮的球迷会集到球场外，有条不紊地排队进馆。有湖人队球迷，有快船队球迷，也有萨克拉门托国王队的球迷。不同球队的球迷之间似乎并非水火不容，甚至很多人还相互打趣、称兄道弟。沿着外墙朝入口处走的时候，一路有球迷组织的街头篮球活动，也有票贩子"黄牛"在门口晃荡，嘴里不停地喊着"Spare tickets（备用票）？""Wanna get cheaper price（想要更便宜的价格）？"问问价格，才知道，原来球场里普通位子的票并没有想象的那么贵，工薪阶层也能消费得起。走到球场门口的广场上，看到 Staples Center 几个大字前，矗立着洛杉矶湖人队和洛杉矶国王冰球队历史上几位名宿的雕像，如大鲨鱼奥尼尔、魔术师约翰逊等，很多同学与雕像合了影。斑驳的一座座铜像，承载着湖人队悠久的历史，他们站在那里，或是在欢迎着球迷，或是在向客队示威，向来此挑战他们的任何一支球队发出战吼："I will beat you（我要打败你）！"

每一个入口都要经过快船纪念品商店，NBA 果然是个商业联盟，是很赚钱的行当。其赚钱的模式就是通过最高水平的竞技，吸引住全世界球迷的眼球，从而带来大量球票的收入、电视转播权收入、广告收入、球迷购买纪念品等收入。有了很高的盈利能力，又能花费巨资培养球员或购买球员，从而把全球的顶尖高手都吸引进 NBA 球队中，进一步推高其竞技水平，提升收视率，从而形成良性循环。

进场以后，我们的座位基本上属于最后几排，对着篮球场地，可谓是居高临下。比赛还未开始，吊在球场正中间的大屏幕上播放着斯台普斯中心的介绍。原来这里不仅是篮球比赛场地，也是冰球比赛场地，洛杉矶国王冰球队的主场也是在这里。篮球比赛结束后，只要把篮球架子一撤，在场地上铺上冰，很快就能把篮球场改造成冰球比赛场地。

比赛的双方是快船队和洛杉矶国王队，说实话，这两个队都不是我最喜欢的球队，所以看比赛的过程中心态非常平和，谁赢谁输都不在意。倒是比赛中间暂停时，场地和看台上的气氛很能感染我们。一旦暂停，场地上就会有穿着球队吉祥物服装的花式篮球运动员的表演，一个个都是灌篮高手、技艺惊人。同时，摄像机也会摇向看台上的观众，无论聚焦到哪两个人，都要站起来表演一段舞蹈，通过大屏幕现场直播，现场气氛非常热烈。NBA 是职业体育的典范，NBA 球场是全世界篮球运动员的圣殿。

洛杉矶是由洛杉矶城和周边许多小城共同组成的。我们所在的皮科里韦拉，是座仅有 65000 人口的小城。造访市政厅，与市长进行面对面座谈，也是我们的研修安排之一。市政厅不大，但不失威严。从 19 世纪至今，这个地方就是市政厅的所在地。大厅里，历任市长的照片并排挂在墙上，各个脸上都洋溢着自信的笑容。这就是责任与荣誉的统一吧，类似于中国官场文化中的"政声人去后，民意闲谈中"。只要当过市长，为人民尽职尽责了，照片就会成为他们的丰碑，青史就会为他们留下姓名，这也是一种正向激励。中国官场不妨也可以学学这种做法，除了从严治党、严厉反腐，也要加强对官员的正面激励，正面激励不能仅靠物质奖励和职位提拔，精神上的价值体现也同等重要。不是说，对"一把手"的监督永远是一个难题，但利用这种方法加强对"一把手"的激励，不是很难的事，何乐而不为？

我们在宽大的市政厅会议室里坐下，每一个座位前都有不同的职位的牌子，如警察局、消防局、城市管理，而我坐的位子就是人力资源局。市长的位子处于正中间，也就是主席。当市长走进会议室时，我们几乎没有人注意到他，大多数人以为他只是会议室里一名普通的工作人员，一个普通的帅小伙。因为他看上去，既没有我们想象中一市之长"应有的"气场，更没有后面跟着秘书之类的一大帮随从。倒有点像上课铃声响起时，夹着教案走进教室的一位老师。在我们惊疑的眼神中，市长走向他的位子，坐下，开始了他的介绍。他首先介绍了市长的职责和各个职能部门的职责，我所在的"人力资源局"主要负责公务员的人事和薪酬管理。对于市长的职责，他说，无论城市规模大小，市长的职责都是一样的，都是组织会议，制定有利于人民的政策，领导整个区域的经济繁荣。具体的职责方面，各个城市会根据当地情况由议会做出规定。也就是说，每个城市会根据自己的情况，在市长的职责清单上加上自己的内容。听到这儿，我问了市长一个问题："这种职责选项的添加是否有所限制？"市长介绍，各个城市的职责必须符合联邦宪法和加州法律的规定，因此不是没有限制，而是要在宪法和法律框架的一定范围内。

当讲解到市长换届的规则时，他跟我们互动了起来。"如果这一年，民众没有把票投给我，我就要下台。"说着，他从市长的位置上走了下来，走到一位女同学边，对着她说："恭喜你成功当选了市长，你现在可以坐到市长的位子上去。"他侧开身子，把椅子拉开，让那位女同学坐了上去。"当市长上任坐在那个位子上，下面的听众会做什么呢？"有同学指着坐在市长位子上的女同学，问市长。市长走到观众席上，眼睛正对着坐在市长位子上的女同学。他突然伸手抓住麦克风，以严肃的表情环视一周会议室，然后冲着市长位子方向说："市长女士，咱们附近的街道上很多车超速。""我们需要更多的停车位！""我们小区的垃圾经常得不到及时清运。""有家餐馆里聚焦了不少不良少年！"他一口气提出了几个问题，接着换了一种语气说："市长女士，这些都是居民可能提出的问题，您将如何处理？"坐在市长位子上的女同学应该没有经历过这样的场景，似乎有些猝不及防，大家的眼神都聚集在她的身上，会议陷入顷刻的寂静、沉默。市长的声音打破了沉静："市长女士，您必须回答居民提出的问题，会后您需要与相关部门商量，如何处理这些问题。当然，有些问题您必须重视，尽快加以解决，有些问题则不一定立马就能解决。"然后，他逐个地讲解每个问题应该怎样处理，且列举了实际发生的案例予以说明。很多同学都参与了讨论。一位美国的市长，每一天面对的就是老百姓提出的问题，都是老百姓吃穿住行方面最真实的诉求，并没有什么"高大上"惊天动地的壮举，这不就是为人民服务吗？老百姓提出的问题，都得到了市长真诚的回应，能够解决的问题立马就能给予解决，郁积的矛盾和问题自然就会越来越少，市政厅的会议室才敢于面向老百姓开放。如果每次开会都能解决几件老百姓反映的问题，日积月累，市长一个任期下来能解决多少问题、回应多少民众关切？应该不是一个小数字！

"很多人都干得很好，但他们没有赢得选举。我赢得了选举，成了市长，但我仍然只是一个普通人。我热爱我的城市，我希望它变得更好！"市长的话语真诚且朴实。我们询问了他很多私人问题，他毫不避讳地回答了我们。市长的工薪很少，不足以支撑他的家用，所以他还有其他兼职，以赚钱养活家人。对此，我又问了他一个问题："作为市长，您在兼职其他工作时，您的同事会怎样看待一个市长同事？"他回答说："他们认为这份工作很酷，也经常跟我开玩笑。"他还举了一个例子，一次他跟同事去一家餐馆吃饭，当他们来到餐馆时，已经没有位子。他的同事就跟餐馆老板说，这可是市长大人，如果不给他想办法腾个位子，会有大麻烦。结果，餐馆老板只是淡淡一笑，双手一摊说，市长来了也没有办法，市长也是普通食客。他再次强调"我只是普通人"。很平静，很自然，完全发自内心，仿佛就是我们身边的兄长！

对此次与市长面对面，我的一位同学写了一段非常精彩的评论，不妨抄录如此：

我想到了尼克松的水门事件，希拉里的"邮件门"，还有马克·吐温的竞选州长。美国政治斗争的血腥和黑暗使我心颤，但突然又觉得它们遥远了一点。我从没有像那天一样觉得政治那么真实、平和，甚至泛着暖意。为生民立命，为天地立心，继往世之绝学，为万世开太平。它们染过鲜血的颜色，但也是有温度、有情怀的。政治有黑暗，但也有温暖，在市政厅里，它向我展开了和蔼的一幕。那一刻，政治回到了它本真的模样。它很简单、很平常，就在每月的例会上，阳光下的观众席中吧。

结束时，我们和市长一起合了影。说实话，我从来没有这样近距离地体会过一个城市的政治和法律。这次经历，与这一张合影一起，深深地嵌入了我的美国印象之中。父亲在政府机关工作，我也一直有个想法，想去他们单位看看他们是怎样开会、怎样讨论工作的。每次我向父亲提出时，父亲总是说，他们的工作不对外开放，开会时更不会让外人参加。

离家愈久，想家愈甚。国内的大年三十和正月初一，在美国却找不到多少过节的气氛，我们仍然按照计划每天都要上课。国内大年三十晚上八点，加州却是凌晨四点，而且外面正落着雨点，天气阴冷。我与室友商量，定个闹钟要起来看看春晚。说实在的，在国内过了十几个春节，也没有认真地看过一次春晚，大多数是兄弟几人一边聊天，若有若无地看着春晚。今年，人在加州，又有着十六个小时的时差，能下决心凌晨四点起来看春晚，除了想家，似乎没有别的理由。这时候，老家应该已经吃过年夜饭了。我们也拿出一包奶，再从箱子里找出从家里带来的存货，一包榨菜和一盒味多美的饼干，也算吃一顿年夜饭了。

爷爷家的年夜饭非常丰盛，一般都有二十道菜。饭后，按照当地的习俗，村里的同族之间，年轻人会串门向族里长辈"纳福"。每年我都会跟着几个堂兄弟，一起去给长辈"纳福"。小五子是我们五个堂兄弟中最小的一个，比我小两岁。小五子生性活泼幽默，跟村子的长辈都很熟悉，跟着他一起，都是他向长辈们介绍我，大家认识我的不多。另外，由于老家人讲的是当地土话，很多话我听不懂，小五子就充当了我的翻译。平时一有时间，小五子就教我说家乡话，我说得不好时，他会笑话我。今年的大年三十晚上，小五子跟谁在一起，在忙什么呢？应该"遥知兄弟在老家，出门纳福少一人"。

平时，接父亲的电话我基本上说不上两句话，更谈不上主动打他的电话了。这时候，还真希望父亲有电话打来，希望通过父亲的电话了解家里过年的情况，以及爷爷奶奶身体的状况，这种感觉真的从未有过。正在这时，注意到父亲在朋友圈发了一条消息。原来，他在大年三十的白天，带着我的几个哥哥姐姐以及堂哥堂姐一起到山中远足。往年我回老家过年，也都会到山中走走，但由于我们久居大城市，爬山并不擅长，走不多远即要折返而回。每次父亲都会遗憾地说，他小时候走过的地方，已经有几十年没有到过了，那些地方风景可好了。

今年大概是因为没有我的拖累，父亲带领一帮人，走进了深山之中，走了一遍他小时候走过的路。特别引起他的兴致的是，当他沿着山谷的河流溯流而上时，发现很多山茶花，有的含苞待放，有的已经开放，山谷里充满着淡淡的清香。父亲拔出几棵带着花苞的山茶花苗，带回爷爷家院子里种下，而且赋诗一首："昨日深山里，今天来农家。我来闻年味，你观山茶花。"他将这首诗和种在院子里的山茶花的照片发在朋友圈。之前，我基本上不看父母亲的朋友圈，觉得那根本不属于我们的圈子。而此时，却觉得父亲发的文字和照片是那么的亲切和熟悉，种下的山茶花是那样的美丽，再次勾起我对老家的向往，对亲人的思念。我第一次在父亲的朋友圈里点了三个大大的赞，并提醒父亲别忘了我给他的三条建议，即不多喝酒、少抽烟、多陪陪爷爷奶奶说说话。

第三个周末集体活动，学校带我们去了圣莫尼卡海滩看日落。沙滩上的沙子细而软，海水蔚蓝。太阳渐渐西下，橘色的晚霞铺满了大半个天空，也映红了整个海平面。太阳落下的西天，是太平洋的彼岸吗？是家所在的地方吗？站在岸边，我不禁遐想起来。随着太阳沉入西边的海底，天空上的云彩逐渐由橘红变成暗灰色，没有云的地方是深蓝的。一轮明月挂在天上，散发出的银光越来越强。"海上生明月，天涯共此时"的诗句，不由自主地闪现在脑海中，家乡在大洋彼岸，远隔万里，这一轮明月就是十六小时之前照耀家乡上空的那一轮吗？"但愿人长久，千里共婵娟"的意境，以前何曾真懂，只有现在才真正有所理解。海风迎面吹来，思绪随风而起。海面上的浪花，一层层涌起，扑向沙滩，冲上我的脚面。我伫立在那里，一动也不想动，任凭思绪飞到万里之外。我离开人群，一个人沿着海边的木栈道向前走去，独自享受着一片宁静，一份孤独，细品着心中那一股淡淡的乡愁！

在美国的四周学习生活很快就结束了。回忆起在美国二十多天的游学经历，最难忘的还是我的美妈。她没有正规的工作，只是一家康复病院的志愿者。她每天下午去上班，晚上回来较晚，一般我们都在各自的房间，或学习，或已经休息。除了周末，平时我们基本上见不到她。

第一天到她家时，Kat 把我们安顿好了后，谈起了她自己的工作。Kat 向我介绍，她在一家为智力障碍患者设置的疗养院工作，重点照顾的是一位一定程度上存在认知障碍的女孩，与我岁数相仿。遗憾的是，她的父母发现她的病症后，没有及时采取治疗的措施，而是任其自然发展，致使其病情恶化，导致了她极难逆转的认知障碍。她的病情，据 Kat 透露，与那些普通的智力障碍儿童不一样，他们虽然迟钝却平静。而那个女孩，不仅迟钝而且时而狂躁，经常表现出暴力倾向。Kat 说，女孩揪过她的头发，甚至有时对她拳打脚踢。这对我来说是一种震撼，我无法想象她是如何在这种环境下工作的，是如何能够忍受她的患者的。那天，天色已晚，Kat 考虑我们旅途劳顿，便让我们好好休息，不再提她的工作。虽然了解得不多，我却有一种感觉，感觉这个美国的普通家庭主妇心中隐藏着一种伟大的东西，甚至已经达到了一种境界，一种让我十分憧憬的境界。

对 Kat 的工作更深的了解，是在一周后。当时，正在我们向奥特莱斯进发的路上，她又聊起了她的工作。她给我看了一个视频——那个患者女孩的视频。"她弄坏了冰箱，还把手弄脏了，她现在想去厨房洗手，但她的爸爸可能正在用冰箱，所以没让她进去。"Kat 解释道。接下来，惊悚的一幕发生了。女孩号叫着，抓住她爸爸的头发，使出浑身力气，将他拖拽并按倒在沙发上。其间，她的喊叫声不绝于耳，感觉有什么东西正在从压迫中释放出来。视频播放的几分钟内，不断传来 Kat 大声阻止的声音。又过了数秒钟，她放开她爸爸，好似什么都没发生过一样。她像一只泄了气的气球，缓缓地从牙缝里挤出一句"I want to wash my hand（我想洗手）"，然后好似又想起来了什么，冲她的父亲吐出一句"Sorry, Daddy（对不起，爸爸）!"然后，她缓缓走向厨房。

一切如刚经历了暴风雨的海岸一样，瞬间归于平静，却让人担忧着这短暂平静后的下次风暴何时袭来。这一切都使我想到 *Flipped*（《怦然心动》）一书中 Juli（朱莉）的叔叔，那种不确定的狂躁，不，那个女孩或许更甚于此。"好似一种对自己内心情绪的极度发泄，对自己无法想起那些单词的一种悔恨愤怒，使她不得不向外发泄，但是这种发泄并不针对任何人，只是纯粹的冲动，并无恶意"，Kat 解释，"她并无恶意，只是有点冲动，其实在我之前，有好多人都因这种情况被吓走了，所以在那天的事发生后，孩子妈反复问我，你明天还会来吗？我想了想，如果我走了，或许就没人能帮她了。于是我说，会，我明天还会来。"我也在某处听过类似的话，那是在我的学伴 Sarah 去献血的路上。我问及她为何要献血时，她回答道："为了帮助更多的人。"回想当时，我确定了一件事情，这些人的心中有着一种高贵的、坚不可摧的、无瑕的善。不是伪善，不是一时冲动的善，而是一种真正体现出人性光明的善。这种善就存在于我的身边。

想起了一位西藏高僧的一句话，就把这当作美国游学、遇到美妈、遇见 Sarah 这段经历的结尾吧。"当你急于寻找香巴拉（佛教中的天堂）时，不要着急，有时一回头，可能发现香巴拉就在你的身边。"

家 MY Family

八 国际部生活

读国际部，准备出国学习，最重要的就是标化考试要早出成绩、出好成绩。

我上国际部的时候，与学校签订了一纸协议，须放弃国内高考。因此，我不会经历中国高考。对于我们来说，如果参加高考，高中三年将是一个逐步加压的过程。作为国际部学生，意味着从选择加入国际部那一天起，就选择了几乎每一天都在迎接高考的日子。托福和 SAT 都要考多次，没有最高，只有更高。除了考托福和 SAT 外，还要考 SAT2 和 AP，永远都没有停止，天天似乎都在高考。

托福考试对于我来说，总是那么不顺利。第一次预约报名的考试是 2019 年 3 月 9 日。考试的头天晚上，妈妈认真审视准考证时才发现，上面特别注明身份证必须在有效期内。妈妈拿起我的身份证一看，以前真的没有注意过，身份证竟然刚刚过期。

原来，我是在小学期间办理的身份证，可能考虑到儿童阶段外貌变化比较大，身份证的有效期竟然只有五年。当时，妈妈如同被电击了一般，为了这次考试，我已经准备了几个月时间，父母很期待。难道考不了吗？之前我没有参加托福考，没有这方面经历，一下子也不知道问谁。爸爸在一旁分析道，身份证过期了，但护照也是身份证明，明天带上护照应该没有事的，不行的话，还可以带上户口本，加上身份证和护照，应该足以证明考生身份。所以，晚上爸妈两人把这三样身份证明放在一个透明口袋里，准备让我第二天带上。

那天晚上，我本来还想再做两篇托福真题，热热身然后再睡觉，但因为参与了身份证事项的讨论，亦完全无心做题了，只好早早上床睡觉。上床后，却辗转反侧，久久睡不着，或是因为考前有点紧张，或是因为担心明天进不了考场。

第二天早上八点钟，父母驱车将我送到考场门口。我下车时，父亲对我说："儿子，祝一切顺利！不过，为以防万一，我们先在这儿等一会儿。"父亲将车停在路边。我走向考试的大楼，门口的监考老师果然一个个认真查看身份证。我递上我的身份证时，心里已经做好了向后转、往回走的准备。果然不出所料，老师一眼就看出我的身份证过期，而且不容我掏出护照和户口本，明确告诉我，其他任何证件都没用，身份证是唯一可用证件。我走出校门口，当目光与在路边等待的父母亲的目光对碰上时，我明显感觉到他们那种失望和负疚的眼神。坐上车的那一刻，我感觉自己像一只充满气的气球突然被扎了一针，几个月绷紧的神经，一下子松懈了下来。被拒绝进考场，转身往回走时，有种被驱逐的感觉。回来的路上，我们直接去了派出所，赶紧把身份证更新了。

2019 年 3 月 30 日，拿到新身份证后，我又参加了一次托福考试。考试前一周，被我封为"后勤部长"的父亲去了新加坡参加一个国际会议，妈妈所在的单位因为要迎接巡视，几乎天天都要通宵加班。平时我放学回家时，父亲差不多都已做好饭，在家等着我。而且每天晚上吃完饭，父亲都会给我送进来一杯茶，外加一些水果。我的任务就是学习，"后勤部长"会提供一切后勤保障。但在这个星期里，每当我打开家门时，迎接我的只是空空如也的客厅。每天我要找地方吃饭，回家要自己烧水、准备水果。我得照顾好自己的生活，生活水平不能降低！头一两天，由于没有经验，我将房门从里面反锁上，母亲凌晨三四点钟回来，我要起来给她开门，影响了我的睡眠。后来，我发现，我们家的门如果拿钥匙从里面锁上，母亲回来时可以拿钥匙从外面开门，不用敲门叫醒我。但只要母亲没有回家，我的心里就不踏实，基本上还是睡不着，不像之前我是一觉睡到天亮的。这一周，我的自理能力有了提升，得到了父母的高度表扬。但一周的睡眠质量下降，对周末的托福考试可能有影响。我本来就不是考试型的选手，每逢重要考试，都会莫名其妙地紧张，常常发挥得没有平时好。作为我的第一次托福考试，我深知也不会发挥多好，只能以练手为主。

那天，手持新身份证的我，顺利走进了位于北京交通大学的考场。但考场里的环境着实让我不适应，灯光非常昏暗，电脑屏幕的光格外刺眼。考场提供的铅笔，写的字迹非常浅，在昏暗的灯光和刺眼的电脑屏幕的对比下，记在纸上的笔迹很难看清。开考后不久，考场门口发生了激烈的争吵，一名考生迟到了，监考老师不让进。听那位考生的声音，这是他最后一次考试的机会，因此他非常激动。争吵对我们的听力部分考试产生了不小的干扰。做阅读时，就在我座位后的一位考生，不知道他的速度怎么那么快，已经在做口语，他的声音比较大，而且发音很不标准，我的耳机基本不隔音，这对我也产生了不小的干扰。更没有想到的是，竟然给我加试了一道阅读题，而且巨难。本来对第一次考试的期望就不是太高，再掺杂上这么多不利因素，结果估计好不了。

2019年4月8日出分的那一天，微信群里老师提醒可以查分，父亲在群里，看到这条信息一定查看过了。放学回到家，从父亲开门迎接我那一瞬间的眼神中，我已经明白，肯定考得不好。他的眼神不是责备，也不是失望，似乎更多的是不解。我小声问："我没有考好吧？"父亲回答："怎么考得这么差？

才……"他没有把分说出来，应该远远超过他的预期，难以接受。应该说，这也完全出乎我的意料，按照我的期望，即使上不了 100 分，95 分应该没有问题。平时，跟我一起上课的几位同学，水平并不比我高，也都考了 90 分以上。父亲不住地宽慰我，让我不要气馁，不要把一次考试看得过重，希望我全面分析原因，查找不足，争取下一次取得更好的成绩。我深知，面对这样的成绩，在接下来的时间里，要投入更多的精力在托福上，SAT 等课程只能往后推移。而很多托福取得高分的同学们，大多已经在准备 SAT 和 AP 课程。几天前，母亲通过同事联系了一名学姐与我见面。她今年同时收到耶鲁和普林斯顿两所名校的 OFFER，她给我的建议就是，托福要早点过，然后就可以将重点放在 SAT 和 AP 课程上，要多读美国历史、罗马史、古希腊史和古典哲学，甚至要多学几门语言。她就学习了日语、古罗马语、古希腊语，为了更好地读哲学名著，还学了德语。跟这位学姐相比，我要做的事还有很多，要走的路还很远。

2019 年 4 月 10 日的家长会，学校老师介绍了今年我校国际部学长学姐们的录取结果。据说总体情况非常好，超过以往各年。国际部所有毕业生托福平均成绩达到 111.4 分，SAT 平均 1513 分，超过 91% 的毕业生被美国排名前 30 的大学录取，一共拿到 24 枚常春藤名校的 OFFER，首次实现常春藤 8 所名校"大满贯"。老师为了消除我们和家长的焦虑，增强信心，专门强调说，希望不要将现在的个人成绩与高三毕业生的成绩过度进行对比，80% 以上同学是在高二下学期和高三上学期才取得标化的最高成绩，特别要注意避免三大教训：一是过早启动 SAT；二是在标化考试上过多投入精力，影响其他学科的学习，影响平时积累；三是割裂考试与积累，把活动准备和考试时段完全割裂。国际部的波波老师和郭明老师专门强调，即使托福成绩目前只有七八十分，也不要过于焦虑，只要按照既定的节奏，配合学校统一的学习规律，相信到了高二下学期或高三上学期，标化成绩完全可能跟上来。老师的话，不仅坚定了我的信心，也大大宽慰了参加家长会的父亲。会后，我跟父亲说，接下来，我一定认真准备，9月份再战。

在接下来的学习中，有了自己的承诺，也有了压力，我更加自觉和专注。有一天晚上，学校放学后，我又赶到校外上了四个小时的课。晚上十点回到家，肚子有点饿。父亲给我拿了一包饼干，倒了一杯茶水。我一边看着书，一边伸手去拿饼干，结果感觉手热乎乎的，原来我将手指头插进了茶水杯里，幸亏茶水已经放了一会儿，水温不是很高。父亲听说后，笑着对我说，这说明你更加专注了，一定能取得更好的成绩。他给我讲了一个故事，1920年春天的一个夜晚，浙江义乌农村一间久未修葺的柴屋里，两张长凳架起一块木板，既是床铺，又是书桌。桌子前，陈望道在奋笔疾书，他正在翻译《共产党宣言》。他的母亲在屋子外面喊道："红糖够不够，要不要给你再添点？"陈望道应声答道："够了够了，够甜的了！"谁知，当陈母进屋收拾碗筷时，却发现儿子的嘴唇上满是墨汁，红糖却一点没动。原来，陈望道太专注于翻译，拿着粽子蘸着墨汁就吃了，自己一点也没有意识到。墨汁为什么甜？因为，他太专注于他的信仰，专注于他的工作，再苦也会变成甜的味道，甚至比红糖更甜。这就是无以言喻的精神之甘、信仰之甘。

2019年4月底，期中考试九门全考。总体成绩一般，跟预想差不多，也有一些情况超过预期。英语竟然低于全班平均分，这对于我来说打击较大。不可能是我退步了，应该是大家进步得更快。对于国际部的我们，大家都深知英语的重要性，有的在上高中之前，托福就已经考过了100分，有些同学在高一第一学期已经考过110分。另一个没想到的是，历史我竟然拿了全班第一。历史相对来说是我的强项，在准备期中考试的过程中，分配的时间自然要少些，有限的时间只能分配到相对薄弱一些的学科上。没怎么复习的历史，竟然还拿了第一。我还被全班同学投票推举为五名"READING SCHOLAR(读书人)"之一，在"大神"众多的班级里，我被同学们如此高看，实感无比荣幸。期中考后，再过一个多月，就要进行七门学科的合格考试，然后就是期末考。这段时间，不仅要全力以赴准备合格考和期末考，托福上我要下更大功夫，不能与班上同学拉大差距，最好能迎头赶上。

此前，我基本上每天晚上十一点半就上床睡觉。期中考试后，我调整了我的作息时间。晚上只要不困，一般都会坚持到凌晨一点左右。如果不到这个时间，课内课外作业很难做完，更谈不上课外大量的阅读了。以前睡得稍早，没法按时完成大量课外作业，经常被老师催账。父亲坚持每天陪伴着我，我不睡觉，他就在客厅里看书等我。

读书从来不是一件轻松的事。父亲经常跟我开玩笑，说我特别懂得吃，对味道有天然的敏感，既然学习如此辛苦，如果不走学习这条路，将来学厨师，一定会成为一名大厨。我知道，这是父亲在用"激将法"激励我。我明白，我现在所辛苦的，为之努力的，不仅仅是为了试卷上的分数，也不仅仅是为了父母的期望，更重要的是为了自己，为了自己能变成想要变成的那种人。这个世界上，含着金汤匙出生的人毕竟是少数，绝大多数是普通人。而普通人想要改变自己的命运，无非是通过读书。要知道，读书是普通人走向成功的必由之路。如果你现在不努力，不拼搏，你怎能知道自己究竟能达到什么高度？你的未来是什么样子？有人说，怕吃苦，吃一辈子苦，不怕吃苦，吃半辈子苦。云南昭通"冰花男孩"刷爆了朋友圈，面对记者采访，问他苦不苦，他一脸真诚地说："上学冷，但不苦。"我真的相信，那些吃过的苦，熬过的夜，做过的题，都会铺成一条宽阔的路，变成遨游天际的翅膀，把你带到想去的地方。

即使非常努力，还是有点力不从心。课内还好说，每天的作业都是优先保证，课外的作业由于量太大，还是难以保证。托福老师布置的词测，不说背单词要花的时间，光完成每周的三次词测，每次就得一个半小时左右，相当于每两天晚上要拿出一个半小时完成词测，加上背单词时间，几乎每天都要拿出一两个小时，对于要同时准备合格考、期末考的我来说，实在有不小的难度，即使每天学习到凌晨一两点，时间还是明显不够用。托福老师、SAT老师在微信上与父母和我组成了一个小的群，经常在微信中@我的父母，催促作业，虽然语气看似平缓，但实则在告状，如"记得完成本周的SAT词测哈""家长好！孩子最近的词测任务已经很滞后了，不知道是不是学校的课业太重了，耽搁了呢？还是其他原因？"其实，我的内心也很焦急，不知何时能考出托福分数，也不知下一次SAT考得如何。最近还听说，托福的考试内容又有变化，我们会面临一些不确定性，心中的压力自然加大一些。

一次，在老师催促词测时，我给老师回了一条比较长的微信，大意是这样：老师，最近要期中考试，一共八门课都要考，压力太大，SAT单词确实没有太多的精力顾及，期中考后我一定补上，请老师谅解！父亲看到这条微信后，很满意地对我说："你以前给老师的回复都很简单，这次的态度非常真诚，看来你真正重视起老师的建议了，等期中考完，再赶紧补上吧！"听得出来，父亲对我很理解，期中考试积累起来的焦虑情绪也有所缓解。可没有两天，托福老师又催促我的听力作业，我回复老师说要进行合格考的模拟考，课业和复习任务比较重，听力作业有点忙不过来。父亲在微信里看到我的回复后，直接给老师回复了一条："老师好！感谢您对孩子的督促！课业重永远不是理由，托福作业也是最重要的课业。我会督促天澍完成的，请老师放心！"父亲这一回复明显将我出卖了。晚上父亲回到家，问我什么我都不爱张口，我想这是一种无声的抵抗。在历次托福考试中，我的口语分数都是最低的，主要是我的语速和语调问题，所以老师给我布置了更多的练习。但面临合格考的压力，确实没有办法每晚留出一个小时来练习口语，所以我给老师做了解释。但父亲看到我给老师回复的微信后，非常严厉地对我说："别人能完成，你也应该能完成，不能找借口。《乡下人的悲歌》中米德尔敦的人，把从来没有人考上常春藤名校归结为某种基因或性格上的缺陷，为不努力寻找借口。你要知道，万斯参加海军陆战队以后，最大的收获是部队教给了他一种新的心态，就是做什么事都要全力以赴，而不能找借口，要厌恶借口。"这我知道，万斯在一次跑完 3 英里后，教官对他二十五分钟的中流成绩不满意，冲着他大喊："如果还没有呕吐的话，就说明你懒！别再懒了！"教官让万斯在他和一棵树之间来回冲刺跑，直到上气不接下气时，教官才让他停下，并告诉他这才是每次跑步时应该有的状态，"全力以赴"是海军陆战队的一种生活状态！我虽然没有海军陆战队的经历，但知道自己想要什么样的未来，也知道要用什么样的态度去实现我的未来。父亲的话像一面镜子，清晰地照出了我的不足，我还是有懈怠的地方，还没有做到全力以赴。第二天放学一回到家里，我做的第一件事便是完成听力作业。做任何事情，时间虽然有限，但关键看你在重要性上如何排序。

　　学习压力加大，在身体上有所体现，对我的学习产生了影响。不知道从何时开始，我经常不停地咳嗽，倍受折磨。有时连续咳嗽起来，嗓子似乎要咳出来，很难静下心来学习。虽然以前也有过咳嗽的经历，一般在期中期末考试左右，多是由于感冒引起。这次咳嗽比往常更严重，没有发烧，也没有其他感冒症状。母亲带我去北京新世纪儿童医院，一位80多岁的老大夫让我坐在检查椅上，认真地查看了我的口腔、咽喉、鼻孔，没有发现什么病症。然后，他问我们最近是不是有考试，是不是比以前熬夜多了，生活习惯发生了大的改变？是不是认真听课时就不咳？果然是专家，这些问题一个个击中了靶标。老医生宽慰我，不要紧，可能有些过敏性因素，不需要吃消炎药，可以用些抗过敏药。出现咳嗽时，不要大惊小怪，不要过于强化它。另外，多喝点水，注意学习和生活节奏。真的，在来医院之前，我还以为自己得了什么顽症，竟然折磨了我这么长时间。结果在医生眼里，也就是过敏性反应和心理作用的混合。老医生给我们开了点药，并提示我少喝冰过的饮料，以免刺激嗓子。由于是家民营医院，里面环境很好，医生服务也非常好，只是价格昂贵，短短几分钟，加几小管喷鼻子的药，竟然花费了1800多元。

又过了几个星期，我的咳嗽并未减轻，甚至更为严重。特别是晚上，有时不停咳嗽，很是影响学习。母亲不再相信那位老大夫的话了，我自己也产生了怀疑。于是母亲带我去广安门中医院，找了一位老中医给我看病。老中医看病，自然用的是望闻问切一套办法，主要是号脉、看舌苔，没有抽血化验，也没有利用什么复杂的医疗器械，便得出湿气过重、气血不调等结论。照例给我开了一个星期的中药。我自小便知良药苦口利于病的道理，对苦不堪言的中药，稍一闭眼就能喝下去一大碗。吃了一星期中药，咳嗽的症状仍然没有减轻。母亲再次带我来看那位老中医。老中医解释，中药见效慢，而且需要根据第一个疗程的情况，不断调整治疗方案，增减中药的内容，于是又给我开了一个星期的中药。每天两次，一次一碗苦苦的汤药，又坚持喝了一个星期，仍未见效。当母亲第三次带我去看老中医时，父亲提出了不同的意见，并不赞成这样不停地看下去，如果中药有效，两个星期应该有所体现，没有任何疗效，说明中医没有对症下药，再这么看下去，只是浪费金钱和时间。父亲认为，中药如果用对了，应该有效，西药的很多成分也是从植物里提炼出来的。但中医看病，并不依赖严格的病理分析和物化检验，而是根据经验和观察，也没有量化的分析，对此父亲持不同意见。父亲讲起一个故事：康熙三十二年（1691年）夏，酷暑难耐。康熙皇帝躺在床上，盖着两层厚厚的棉被，却依然在打冷战，到了晚上却又突然高烧流汗，全身滚烫。他脸色煞白，嘴唇发紫，没人知道这是什么病，该怎么治。有御医在一本中医名著《金匮要略》中找到了方子，将蜀漆、疟母、鳖甲、柴胡、桂枝等多味中药制成鳖甲煎丸，皇帝服用后仍不管用。于是，张榜悬赏，广招天下名医。全国各地的名医药方，试了很多，不少还是家传密方，但还是不管用。推拿和针灸试了，汤剂、丸剂、散剂一一试过，照样不管用。这时法国耶稣会士洪若翰、刘应，献上金鸡纳霜。康熙服用后，没几天就好了。耶稣会士献上的药叫奎宁。奎宁是从金鸡纳树皮中提炼的，对治疗疟疾这种传染病非常有效，专门用来杀死寄生性的疟原虫。父亲认为，对于康熙这个病人，如果没有弄清楚传染病和寄生性的疟原虫，所有尝试可能都是徒劳。因此，他不反对看中医，但应该根据病因对症下药。母亲觉得父亲有道理，但对那位老中医还是心存希望，决定带我再去看一次。第三个星期的中药吃完后，我的咳嗽还是没有好。由于父母亲都很忙，没有时间再带我去医院。奇怪的是，过了一段时间，几场考试过去后，我稍稍可以放松点。当我不再记起看病吃药之事时，不经意间发现，我的咳嗽症状好像已渐渐消失了。看来，那位老大夫可能说得对，没有了考试，放松了心情，咳嗽就会慢慢消失。

2019年六一儿童节的前一天晚上，我问父亲："我还算儿童吗？"父亲说："不算了吧，你应该是少年了。"我查了一下《中华人民共和国未成年人保护法》，发现18岁以下都是儿童。我立即对父亲说："中国法律规定，18岁以下都是儿童。"父亲这时才反应过来，笑着说："明天是六一儿童节，是吧？你拐了这么大一个弯，是让我明天买礼物吧？"一旁的母亲听了，也乐了起来，咧着嘴说："好吧，明天我给你买一个Kindle（电子阅读器）。"这些天，我看到一个同学用Kindle看英文原著，它能够自动将比较生僻的单词标出来，不认识的单词，用手指在屏幕上轻轻一点，就会给出注释。我确实想拥有一个，这样不仅阅读英文原著方便，把想看的几本书下载到Kindle上，也不用书包里背上几本沉甸甸的书了。之前，我跟父母提起过同学的Kindle，但没有引起他们的注意。母亲的反应还是快，很了解我的想法。

电子产品对学习的副作用不容忽视，特别是手机。我看过一幅漫画，画中一个稻草人，两只鸟在一旁对话，其中一只："那是真人还是稻草人？"另一只："当然是稻草人，因为我看了他半天，他一直没有看手机。"可见手机对现代人的影响有多大，占用了多少时间。对于我们来说，手机在学习上确实是不可替代的工具，但也是难以逾越的一道障碍。

有段时间，上了床也睡不着，我就听英文歌。说实话，这是我的最爱，初中一年级开始，我便爱上了听英文歌。一天凌晨两点，我还在听英文歌。父亲听到我房间里有动静，他便过来查看情况。听到他的脚步声，我赶忙将耳机摘下放进被子里。还是被父亲发现了，他一上来就让我把手机拿出来。我当时愚蠢之极，犯了人生最大的一次错误。如果我坦诚地将手机交给父亲，并告诉他今天有点兴奋睡不着，所以听会儿音乐，请他不必担心，马上就会睡，估计他会理解。我却矢口否认，父亲非常生气，掀开被子，拿出了我的手机。第二天早晨六点钟，父亲给我发了一条微信：孩子，昨晚爸爸真的生气了！一是因为你不说实话，二是因为你没有充分利用你的休息时间。对于学习压力巨大、任务巨重的你，如果想取得好的成绩，你必须养成良好习惯，包括休息习惯，以最有效率的学习方式去学习。每天这么晚上床，再戴上耳机听歌，什么时候才能睡着？睡着了耳机还在响，能休息好吗？睡眠不好，你能应对得了这么竞争激烈的学习吗？这个事情上，请不要找任何借口。上课认真、作业及时完成、英语迅速赶上、复习积极有序，这是你当前的四大任务，有余力还得考虑活动，听歌作为你放松心情的方法，可以有，但不能主次颠倒！最近，特别是期中考试以后，你有改变，但似乎并不明显，跟你的承诺相比还有差距。此前，每当我们说教（你应该认为是说教）时，你多次表示你已明白，不用我们多说。其实，我们认为，对于你，确实不用说太多，你是个敏感的懂道理的孩子。但是，光懂得道理远远不够，知行合一最重要，你必须做到今日事今日毕，任何时候不给自己找借口。好了，不多说了，从今天开始吧！让我们标记一下今天的日子，让它成为新的起点，从此我们一起努力！加油！

那天晚上，我上完 SAT 回到家时，已经晚上十点钟了。父亲还是像往常一样，给我端进来一杯茶和一根香蕉，只是进来时没有任何言语。我主动接过了香蕉，也没有言语。平时父亲端茶送水果进来，我一般只顾继续我的学习，不会有什么反应，有时还会嘟囔上一句"哪有时间吃水果？"那天我主动接过香蕉，父亲一定理解我的意思。

在我的成长中，父亲是不可替代的角色。父亲为我做了很多，牺牲了很多。每天早晨，父亲六点起床，给我准备早餐，花样不是经常变化，但搭配很合理，营养丰富，一般包括一个鸡蛋、一个苹果、一杯蜂蜜水、一杯牛奶，外加面包或其他主食。吃完早饭后，父亲开车送我上学，从小学到现在已经坚持十多年。我下车时，父亲都会说"祝你今天过得愉快"，日复一日，天天如此。

每天晚上，父亲只要能够正常下班，都会回家给我做晚饭。用他自己的话说，他要做好我的"后勤部长"。除了后勤支持，父亲对我最大的帮助，则是学习上的指点和付出。到了高中，课程的难度明显加大，上课进度也很快，父亲已经不能像小学和初中一样辅导我了。父亲大学时学统计学专业，在大学教书时，教过统计学原理和经济统计学课程，还讲授过《线性代数》《运筹学》等有难度的课程。有一天，当我问他一个关于统计学系统抽样的问题，他没有回答上来。他无奈地说，毕竟三十多年了，平时不用，基本上还给老师了。但他告诉我，统计学是一门非常重要的学科，也是非常有实用价值的学科，希望我一定要学好统计的内容。他给我看一篇报道，华为公司任正非接受采访时说出一个观点，即人工智能的背后有座统计学大山，人工智能再玄妙，其基础就是统计学！但在我们国家，对统计学的重视还很不够。这是父亲教育我的一种方式，他经常借助日常新闻或见闻，对我讲解一些做人做事的道理。

父亲教育我时，很少空洞地说教。一次，父亲又跟我强调起阅读原著、背单词的重要性。我听了，有点不耐烦，认为这些道理我都懂，没有必要再跟我强调，就回了他一句："别再说了，说多了不觉得恶心吗？"父亲看我说得这么严肃，没再吭声，悄悄退出了我的房间。第二天早上，父亲来叫我起床，我醒来后，父亲压低声音，在我耳边说："刚才，你听我叫你起床的声音，有没有觉得恶心？"我说："怎么会呢？要不是你叫我，我就会上学迟到呀！"父亲："那就对了，我让你阅读、背单词，多说了几遍就让你恶心。天天叫你起床怎么就不恶心呢？"碰到这样的父亲，我很无语。

在教育方式上，父亲很注重以身作则。他为了引导我阅读英文原著，把丢掉了十多年的英语捡了起来，很认真地阅读起英文原版书籍来，如《乡下人的悲歌》《了不起的盖茨比》《杀死一只知更鸟》《纸牌屋》等，这些书大多是美国中学生的经典阅读书籍。父亲发现，这些书有一个共同的特点，都反映了美国社会的一个阴暗面，要么是美国白人工人阶层面临的经济停滞和家庭困境，要么是美国黑人阶层面对的种族歧视，要么是美国的黑暗政治，要么是美国资产阶级的腐朽堕落的生活。父亲看这些书，并不是为了了解或研究美国的政治经济，他自己解释，现在工作中有时也会用到一些英语，所以要把英语捡起来。其实，我知道，这不是真正的理由。一次家长会上，国际部老师讲到家长如何与国际部孩子相处的问题，建议家长与孩子同读一本书，这样就会有共同语言，如果有条件最好读英文书。这对父亲启发很大，并且立即付诸行动。他看完一本书后，如果觉得确实好，就会极力向我推荐，平时也会跟我一起探讨书中的内容，畅谈读后体会。要不是父亲推荐，我根本就不知道《乡下人的悲歌》这本书，即使有机会看到这本书，这样的书名也不会引起我的注意。

原来，父亲晚上要出去走路，一般都是在玉渊潭公园里走一圈，大约一个小时。自从我进入紧张的高中生活后，父亲就没有出去走路，多年养成的习惯被改变了。为了给我创造安静的学习环境，他基本上有空就坐在沙发上看书。这样一来，父亲的体重增加了不少，体型相应有所变化。母亲看在眼里，从网上购买了一台小米跑步机。跑步机放在阳台上，这样父亲就可以在家里进行锻炼，而且阳台与客厅里有一道玻璃门，锻炼时把门关上，我在书房里完全听不到跑步机的声音。父亲对母亲购买的跑步机很是满意，每天都坚持锻炼。一开始每天跑半小时，逐渐增加到四十五分钟、一个小时，甚至有时连续跑上一个多小时。几个月下来，父亲的体重有所下降，身体强壮了不少。

父亲跑步时会戴上耳机，不是听音乐，而是听英语，他会一遍一遍地听《乡下人的悲歌》英文原版（*Hillbilly Elegy*）。有一次，父亲听到万斯的母亲威胁要开车撞死万斯，最后被警察逮捕，万斯的姥爷对万斯十分愧疚，趁客厅里没人时把手放在万斯额头上，然后抽泣起来的情节时，父亲也感动得流下了眼泪。

2019年父亲节那天，我正忙于合格考和期末考，两耳不闻窗外事，根本不关心"今夕是何年"。吃早饭时，父亲告诉我看到大舅发了一条朋友圈："有朋友曾经问我，微信为什么不换个更酷的头像？吾曰：没有更帅的了（大舅的头像是一个父亲骑着自行车带着儿子）。因为在我的幼年记忆里，爸爸的自行车后座是最开心、最惬意、最安全的地方。后来我慢慢长大了，可以为这个充满温馨、充满苦难的家庭去做点什么的时候，就是每个月要跟着父亲来回跋涉60里的山路，用自行车驮回我们全家的口粮。再后来国家落实政策，我们全家回到了矿上，自行车就变成了我的自行车。一个下午，爸爸因为工作比较忙，安排我去给住在几十里外的爷爷送年货，回来时爷爷给了不少红薯驮在后座上。回家的路上，突然北风劲吹，大雪纷飞，14岁的我迎着风骑行着。突然，后面来了一辆汽车，原来是爸爸他们从矿务局回来了。可是车上人很多，满满当当，根本无法容下车与我。爸爸便下车陪着我，没有上他的车。风越来越大，气温也越来越低，车无法骑，我们推着车一起走回了家。寒冷时，父爱是一双温暖的手；恐惧时，父爱是一块踏脚的石；黑暗时，父爱是一盏照明的灯；努力时，父爱是精神上的支柱；成功时，父爱又是鼓励与警钟。父亲节，想起父亲，愿您在天堂安详！"父亲和我被大舅的这段文字深深打动。我赶紧放下手中的碗筷，走到父亲旁边，给了他一个拥抱，祝他父亲节快乐！

父亲为了给予我更多的陪伴，放弃了多次可以提拔但要到外地任职的机会。对于一个在中央国家机关工作的人来说，这应该是一个艰难的决定。因为对于大多数人来说，辛勤工作的目标就是晋升。父亲说，他已经非常知足。从物质条件上看，相比于他小时候，感觉经历了千年的变化。他小时候，基本是自然经济，也就是自给自足、男耕女织的经济模式，大部分生活必需品都是家里生产的。比如，粮食是家里种的，食用油是家里种的油菜籽压榨的，鞋子是母亲手工制作的，衬衣衬裤也是棉花纺成布做成的，需要从商店买的东西主要是没法自己生产的盐、煤油以及少量的布料等。

父亲说过，小时候没有走出过小山村，也不知道外面的世界是什么样子，那时没有什么理想，只盼望着有朝一日能够吃饱饭、穿暖衣服就好。只是到了初三后，才立下了要考大学的志向。但对上大学的认识，也只是认为上了大学会有个"吃皇粮"的工作，本质上还是为了吃饱饭。大学毕业后，父亲在安徽铜陵工作时，月工资才100多元，根本不敢奢想将来会拥有自己的车和房。更想不到，父亲后来成为中央财经大学第一个会计学博士，成为国家机关一名公务员。他的人生轨迹已经大大超出了他小时候的梦想。他认为，作为一个农民的儿子，从遥远的小山村来到北京，赶上了国家发展的好时机，改变了命运，人生梦想已经实现。接下来，有的梦想只能靠我们这一代人去实现了。例如，到美国顶尖的大学里接受教育，成为国际化的人才，将来才能更好地服务于国家和社会。

父亲的骨子里认为，读书人就应该"修身齐家治国平天下"。他认为，对于他来说，修身、齐家基本上已经做到，但治国、平天下方面却还离得很远。他觉得他们那一代人有一个巨大的局限性，就是教育程度仍然不够。如果要把国家治理得更好，甚至达到"平天下"之目标，需要接受国际化的教育，需要更多具有国际视野的人才来治理国家。因为地球将变成一个地球村，治理国家需要国际上共同努力，需要更加国际化的人才。他觉得，我们这一代人应该放眼全球，接受更加国际化的教育，将来才能更好地服务于国家。

父亲的这种想法与他2009年到杜克大学学习的经历有关。父亲观察到，美国大学与中国大学相比，在几个方面有其优势。首先，美国大学教师的来源更具多元化，理论与实务并重。比如说，给父亲讲财务的教授，上课前会利用五分钟的时间做一下自我介绍，他原来是国际四大会计公司的资深合伙人，几年前来到大学成为一名教授，正是因为长期的会计师事务所的供职经历，使得他非常熟悉财务会计的实务，在课堂上讲起财务会计的案例时，自然得心应手、水到渠成。而国内的大学，常常缺乏这种实务界和大学之间的"旋转门"的制度安排，一些大学老师缺乏实务经历，大多是从校门到校门，对一些实务性较强的内容往往缺乏深入研究。其次，中国大学仍然存在计划管理模式，专业设置比较僵化，学生录取时按计划录取。这样不仅使大多数学生不能根据自己的兴趣选择专业，也使得一些没有市场竞争力的专业仍然有存在的空间，从而形成逆向选择。再次，由于中国大学对老师科研成果的考核机制，很多大学老师都要自己编写教材自己使用，从而导致很多大学里使用的教材质量并不高。父亲读研时，一位讲财务管理的教授上第一节课时，花了整整一节课时间给教材改错，那本教材就是教授本人编写的。父亲在杜克大学学习时，发现杜克大学会计学本科使用的教材却是其他大学编写的经典教材，已经再版了十几版。杜克大学的会计学专业在美国名列前茅，父亲在北京曾经接待来参加国际学术活动的美国前会计学会会长，当时她就是杜克大学会计系主任。好的大学必然有好的图书馆，杜克大学的图书馆管理非常人性化和高效。图书馆是二十四小时开放，在阅览室里的一些拐角偏僻处，放置着一些可以躺下睡觉的躺椅，那些在图书馆里看书累了困了的人可以在这些躺椅上休息。在图书馆借阅图书非常方便，图书馆没有的书，借阅者可以登记下来，图书馆可以从合作的全美大学图书馆里搜索，如果找到，会免费给寄过来。父亲的同学中，有研究中国历史的，有些资料在国内图书馆里没有找到，他试着到杜克大学图书馆借阅，结果也没有，他登记下来后，杜克大学图书馆从别的大学图书馆里给找到了。

我希望去美国上大学，与我小时候的一次经历也有关系。2010 年，一次旅游中，我们在一家素菜馆吃饭，其间进来 7 位和尚，其中一位可谓仙风道骨、气宇不凡，黑又长的络绌长须飘至胸前，应该是一位大和尚。这位和尚身上佩戴着佛珠，相当精美。我的注意力被这位大和尚吸引过去，便走到他跟前，小声问道："你们从哪里来？"大和尚回答："甘肃崆峒山。"一边说着，一边取下他手腕上的一串佛珠，递给我，并示意我父亲过去。父亲走上前去，大和尚很认真地对他说："这孩子跟我们有缘。他天庭饱满，下廓方圆，好好培养，将来必成大器。希望他将来读世界上最好的大学，成为国家有用之才！"父亲并不迷信，但他愿意相信那位大和尚的话。他告诉我，为什么不相信人家的话呢？把他的话当作一个目标、一种激励，然后朝着这个目标和方向去加倍努力，人生不是更有方向感吗？

父亲认为，我们这一代人在中小学所受到的教育与他们相比，已经不可同日而语。因为教育的差异，思考问题的角度、观察问题的视野也会有很大的不同。他小学时，很多老师是初中毕业，有的是退伍军人，这些老师普通话基本上都不会，上课用的多是方言。初中的英语老师是个高中毕业生。那时候，除了课本，基本上没有什么课外书可读，更没有课外班可上。上大学时，大学也是刚刚从"文化大革命"中走过来，经济学课程还是计划经济那一套，与市场经济背离。他对我们这一代人所受的教育寄予厚望，更希望我们能够接受世界上最好的教育。

　　对于为什么要出国留学这个问题，每个人都会有不同的答案。相信现在的年轻人不会简单地认为，美国发达，所以要去美国学习。高一寒假，我们在美国加州生活过一个月，住在美国家庭里，并未感受到加州比北京发达，我甚至觉得美国住家的条件除了房子大一些外，其他并不比我们的条件好。对于我来说，除学习专业知识外，我觉得还有两样东西驱使着我要选择出国学习：一是需要离开家去远行，到一个没有父母关照的新地方，去锻炼生存的能力；二是离开父母创造的物质条件，去过一种每天坐公车求学的生活，追求简单梦想的平淡心态。我觉得，这两点会让我变得强大和平静。人的生命是短暂的，你不可能经历所有的精彩，但必须有自己的经历和重新尝试的精彩。我们作为独生子女，在父母身边，其实难以真正长大。他们只要求我们好好学习，其他事情他们都愿意替我们承担。在父母身边，估计很难学会自己租房、组装家具、处理银行卡和水电煤气网络账单等。离开父母去远行，脱离父母的关照，练就独自生存之道，可能也是学习的一个重要内容。再说，每天看着父母围着我转，他们也没有自己的生活，我们离家远行，也会让他们重新找到自我。《东邪西毒》中有一段话："每个人都要经过这个阶段，看见一座山，就想知道山的后面是什么，可能翻过山后面，你会发觉没什么特别，回头看，会觉得这边更好。"翻过山的人通常会告诉没有翻过山的人，山后面不过如此，或者说山后面还是山。对于很多没有翻过山的人，还是要亲自尝试自己去翻过那座横在面前的山。电影《霍比特人》中的甘道夫对比尔博·巴金斯说过一句话："世界并不在你的地图与笔记里。当你回来时，你从此与众不同。"

　　为了实现梦想，必须放弃更多的做梦时间。从 2019 年下半年开始，上床睡觉的时间经常需要进一步延后，有时会到凌晨两三点。父亲将他的作息时间与我同步进行调整，我什么时候睡，他也什么时候睡。除了忙他工作上的事情，他仍然在看英文原版书，听电子版英文书。我连续上了三个星期的托福强化班后，赴香港参加了托福考试，这是托福改革后的第一次考试，无人知道到底会是什么样子，我的心里一点底也没有，上次考试很失败，这次又遇到改革，估计难以发挥出最佳水平。此次赴香港考试，还有一个令我心生茫然的背景，那就是香港正在发生大规模的严重的暴力事件。去香港是否安全，正常考试是否受影响，一切都不得而知。父亲担心我的安全，决定陪我一起赴香港。父亲是国家公务人员，办理港澳通行证比较麻烦，审批流程颇费时间，按规定，他一年只有一次因私出国（境）的机会，这次用了，一年以内就不能再有出国（境）的机会了。幸运的是，父亲的港澳通行证在我们出发前两天办理下来了，我们预订的航班上也还有多余的票，这样父亲就与我们一起坐上了飞向香港的航班。

在香港机场接送我们去酒店的出租车司机，是土生土长的香港人。他的车是一辆特斯拉，我们还是第一次坐这种车，车里的液晶屏非常显眼，比电脑屏幕还要大，坐在车里挺有新鲜感。因为经常拉内地客人，司机的普通话讲得不错。话题自然离不开香港目前的局势，司机说他在政治立场上保持中立，不想对局势发表评论，但事实是最近来香港的游客少了，出租车生意清淡了许多，对他们的生计已经造成很大的影响，希望局势早日回到正轨上。我们住的酒店在九龙，那里曾经是工业区，房屋多是曾经的厂房，既简陋又陈旧，似乎来到国内经济落后省份的小县城，远离了香港的繁华和现代。我们在酒店周边走了走，一切如常，似乎没有受到局势的影响。但我还是注意到，在一间紧闭的玻璃门上贴着一张画报，上面是香港特首林郑月娥的头像，头像上印着一个靶标，靶心正对着特首的脑门，整个画面透着令人不安的暴力倾向，与特首慈眉善目的脸甚是不协调，我不忍多看一眼。

考场离酒店 300 米，是香港考试及评核局所在地。考场里的环境比我第一次在北京交通大学的好多了，考位之间隔音效果好很多，考生之间基本上不会产生明显的干扰。考试总体比较顺利，感觉发挥正常。但分数出来后，还是低于我的预期，口语和写作更是大大低于预期。我在新东方学托福时的一位史姓老师也同样在香港参加了考试，他一年考过多次，以前每次都是112 分以上，这次只考了 100 分。他在朋友圈里发消息说，查分时大吃一惊，口语和写作也是比平时低了许多，有可能改革后对主观性题的判分标准更加趋严。相对于老师的 100 分，我能接受我的结果，但与目标还差得很远，我还得加倍努力，希望早点在托福上取得突破。

国际部高二年级第一次家长会，我和父母都参加了。学校对家长会向来很重视，这次家长会李校长、郝副校长、国际部李老师一一出席。李校长讲话言简意赅，重点讲了三个关键词：目标，拼搏，超越。所谓目标，要求国际部每个学生必须有清晰的目标，包括托福、SAT 标化考试成绩、活动目标、大学目标等，每个人的目标都要结合自身实际，这不同于高考部同学，他们只是围绕高考做准备，目标是唯一的，就是高考考出最佳成绩，分数将决定一切。而国际部学生没有标化成绩不行，但光有标化成绩，并不能保证就能申请上好的大学。所谓拼搏，李校长认为实验国际部的学生有一个光荣的传统，在整个实验学子中是最有拼搏精神的，大家要继续发扬这种拼搏精神，要在实验的历史上再创辉煌。所谓超越，李校长强调，国际部的学子，要不断超越自己，不断超越自己设定的目标，不断超越历史并创造新的历史。李校长语重心长地要求我们，一定要有明确的文化身份和文化立场，作为中国人，无论在哪里，都要有国民身份的认同，不能割裂对祖国的感情和对中国人身份的认同。郝副校长强调，对于国际部学生来说，高二即为准高三，离明年申请美国大学只剩下十五个月时间，必须高度自律，以毕业班的要求管理好自己，没有拼搏就没有希望，没有自主就没有发展，重点是自我管理与自我探索，要做好"三定"，即定位、定向、定型。定位就是准确设定自己的目标，实验国际部学生最后将分为五类，第一类是托福、SAT、SAT2 以及文史类 AP 都考出优秀成绩者；第二类是托福、SAT、SAT2 以及理科 AP 或个别文科 AP 考出优秀成绩者；第三类托福、SAT 和 SAT2 成绩比较优秀，适用于 80% 的同学；第四类是仅有托福和 SAT 成绩；第五类仅有托福成绩。首先要明确自己属于哪一类，如果属于第三类，就不要硬拼第一类，必须一步一个台阶，目标要清晰精准。定向，就是利用好四类资源，不要盲目焦虑，要充分利用好每个阶段的学校讲座，要深入研究学校编写的学校案例库，要注意同学间的相互支持，要充分利用实验导师的经验。也就是说，实验的老师、同学、校友、学长学姐这些资源，必须要充分利用好。定型就是要确定自己最终的申请形象，要确定自己的学科方向和专业兴趣，要有选择性地研究大学。申请任何一所大学，都必须展示一个形象清晰的自己，要回答好你为什么选择这所大学、你是一个什么样的人、为什么适合这所大学等一些问题。国际部李老师介绍了新学期的分层教学安排，重点强调要戒心绪不宁、戒前后失序、戒步调不一、戒不当言语。家长会结束时，屏幕上出现的文字让我记忆深刻："心至宽，人生才能展翅高飞；心至远，前途才会海阔天空。高中生活不是鲜花铺成，不是轻松造就，而是一个由花到果的过程，是一个由蛹化蝶的过程。在这期间，会焦虑、会失落、会有压力，更会有约束、有责任、有成功的喜悦。加油吧，期待你们的辉煌！"实验的家长会从不走形式，从不浪费时间，每次都是主题明确、内容充实，每次都会让我们很受益。每次家长会后，我都会进一步调整目标，反思自己的不足，减少不必要的焦虑，更加斗志昂扬地朝着自己的梦想前进。

　　按照学校的规定，新学期开学就可以上学校开设的 SAT 课程。但仅仅靠学校的课程仍然不够，还必须要在培训机构接受强化训练，多半是北京的"宇宙中心"——海淀黄庄的各个写字楼里的培训机构。暑假期间，我曾经在此一家机构上过托福课。上课从每天早晨八点二十分开始，一直到晚上十点。中间会有老师讲解，包括阅读、听力、口语、写作，每次课两小时，一天通常会有六小时的老师讲解，其他时间则是自习、做作业、背单词，自习有老师在教室监督，作业和背单词也都有老师监督检查。每天要背几个 LIST（列表）的单词，每个 LIST 包括几十个单词。老师检查单词时，必须拼写和发音全部正确。为了提高效率，减少不必要的干扰，早晨一到培训机构，就有老师把手机收走进行集中管理，一直到晚上离开时才发还手机。一天十多个小时下来，全是学习时间，到晚上下课时，筋疲力尽可谓常态。回到家后，还会有老师留下的种种作业需要完成，一般来说，不干到凌晨一两点，休想上床休息。通过这样的培训，效果非常明显，我的听说读写能力有了显著提升，特别是老师讲解的一些做题思路和方法，对我很有帮助。

　　根据学校国际部一位老师的建议，我们选择了一家 SAT 培训机构。据说，这家机构管理最为严格，能够培养学生们的超强战斗力。每天学校一放学，我便马不停蹄直奔地铁站，因为每次都是下班高峰期，地铁里人头攒动，拥挤不堪。背上的书包里，除了学校学习用书，还要带上 SAT 的相关材料，相当重。如果路上顺利的话，到了中关村上课地点，还可以在楼下吃点饭，如果不顺，是没有吃饭时间的。每次课都是三个小时，从晚上六点到九点。白天在学校里已经上了一天课，脑袋里已经被灌满了各种课堂内容，感觉像一团糨糊，再连续上三个小时SAT，对我们来说，真的是意志和体力的巨大考验。当然，最虐人的当属SAT单词，绝大多数单词构成都很复杂，也没有多少规律可循，几乎都长成一副怪兽的模样，外表狰狞，非常不友好。我先从培训机构要了一本顺序版的，但背了几天后，每天背的一两百个单词，感觉每个单词都非常接近，容易产生混淆，背单词的效率明显不高。我又找培训机构要了一本乱序版的，虽然解决了单词之间混淆的问题，但各个单词的关联度没有了，每一个的拼写又是那么复杂，记忆起来还是觉得非常困难。就像打地鼠一样，一个问题解决了，又冒出来另外一个问题。

　　除了应对学校课业和标化考试，还必须兼顾课外活动，首先当然是学术类活动。我对哲学比较感兴趣，在学校里，每次上哲学课后，我一般都会跟老师交流讨论一些问题。在老师的建议下，我准备参加哲学奥林匹克竞赛。准备组队参加竞赛的是北京大学哲学系张博士，队员主要两人，我代表实验中学，另一位来自人民大学附中国际部。按照张博士的指导，我们利用课余时间阅读一些他指定的哲学书籍，在此基础上根据他给定的题目撰写小论文。每周六的晚上，我们再找个咖啡馆，一起上课，讨论问题。记得2019年9月21日晚，我们本来约好晚上五点在实验中学旁边的咪咕咖啡上课，但那天正好赶上建国70周年庆典第三次演练。父亲开车送我，在长安街正好赶上交通管制，我们只好选择别的道路，绕了很大一个圈子后，才赶到离咪咕咖啡还有一个街区外的地方，但路口已有警察执勤，不让车辆通行。我只好从车上下来，步行至咪咕咖啡。因为路上堵车，我赶到咪咕咖啡时，已经五点三十分。但我到了后，发现咪咕咖啡大门紧闭，门上有一纸告示，大意是天安门广场国庆演练，咖啡店暂停营业。过了一会儿，张博士和人大附中的同学也气喘吁吁地赶到了，我们面面相觑，只好另换个地方。张博士用手机搜索，发现离我们最近的咖啡店位于金融街购物中心，于是我们步行至这家咖啡店，已是六点多了。由于临时改变地点，我忘记告诉父母。他们按照正常的七点下课的时间来接我，因为整个中心城区实行了临时交通管制，他们只好从家里步行，一路急行军，好不容易赶到了咪咕咖啡，发现大门紧闭、黑灯瞎火。他们赶紧给我发微信，但正在上课的我没有看手机。他们打了我电话多次，手机处于静音状态，我也没有听到。这下可把父母急坏了，母亲甚至问父亲，所谓的北大张博士是否可靠，是否真的是北大的博士，会不会把孩子拐跑了？父亲急忙与他认识的北京大学哲学系仰教授联系，经确认，北京大学哲学系确实有这位张姓博士，父母紧绷的神经才稍稍有些放松。但是，孩子现在哪里呢？他俩一直给我发微信、打电话，照样是毫无反应。直到八点半，我们课结束，我拿出手机，发现手机上有多个未接电话，赶紧打回去，父母悬着的心才落了下来。他俩又急忙赶到金融街购物中心，接上我一起步行回家。在举国欢庆的日子里，没有人知道，为了哲学竞赛，我和我的家庭所经历的这一切。

为了丰富课外活动，我与同学商量，发起成立一个急救志愿者社团。我利用周末时间，到一个名叫"第一反应"的机构进行了专业培训，经考试合格，获得了美国心脏协会颁发的急救证书。一个周五下午，学校各大社团举行招新活动，由社长和我发起的急救志愿者社团加入其中，占领了一个不错的摊位。社长很卖力，在我们摊位的桌子上放了一张他亲手画的急救海报，在桌前的地上摆放了他自掏腰包购买的急救器材。但活动开始后，光顾我们摊位的并不多，咨询了解情况的更少，有的竟然询问我们，是不是给招新活动提供急救支持。我心想，招新活动秩序井然，大家都心平气和，不至于还需要心脏急救吧？为了避免误解，急忙找马克笔在我们的海报上"急救"两个字的后面加上"志愿者社团"五个字，明确告诉大家，我们是要成立"急救志愿者社团"。这样一来，光顾的同学倒是多了一些，但与其他社团相比，还是有点"门前冷落鞍马稀"。我觉得，还必须加大宣传和广告的力度。就在招新活动开始前，我刚上完游泳课，课上几十分钟时间都在不停地游，出游泳馆后，感觉到全身无力，精力似乎已经耗尽，连说话的气力都没有了。但为了招募社员，我必须打起精神，吆喝起来。"大家看一看啊！急救志愿者社团，欢迎加入！""急救社团有强大的后台机构支持，欢迎加入！"我开始扯着嗓子吆喝起来。见了女生过来，我们也不妨来点幽默："帅哥社长单身啊，欢迎女同胞加入！"可能是操场上的阳光太晒，烧坏了我们的脑子，连"救死扶伤，你我有责"这样的口号都喊了出来。没想到，经过一阵吆喝，效果相当好，一下子有很多人围过来，详细询问起社团的有关情况。活动结束时，我们一共招募了十多个新成员，大大超过预期，我们的阵容一下子强大起来。

一年一度的校运动会，是我们急救志愿者社团发挥作用的重要机会。我们提前做了相应的准备工作，购置了急救用的药品和工具，给急救志愿者社团的各位志愿者进行了分组和分工。运动会那天，学校要求同学们六点五十分到运动场，我们急救社团成员六点半之前就全部到达集合地点，提前做好急救的各项准备工作。但天公不作美，一早开始，便下起了小雨，塑胶跑道上的小坑中积了水。这种湿滑的跑道不太适合比赛，容易造成运动员受伤。看来，我们的责任重大，任务繁重。果然，比赛开始后不久，就有一些参加跑步比赛的运动员摔倒受伤或者崴脚，不过这些小伤，只是用些酒精擦洗或用纱布包扎一下，我们学的专业技能大多还派不上用场。比赛进行不到一小时，由于小雨不断，气温也偏低，为了避免运动员受伤、同学们受凉感冒，学校决定暂停运动会各项比赛，全体同学和老师马上撤离体育场。学校的撤离决定十分正确，这样的天气不适合继续比赛。但对于我们来说，就像一群求胜心切的战士来到阵前，正准备吹响冲锋号角之时，突然接到上级命令，要求全体撤退，心里何等沮丧！为了这次运动会，我们急救志愿者社团可是做了几个月的充分准备，想通过运动会证明我们的存在价值，连活动结束后怎样宣传报道都有了完整的计划。为了配合宣传，我们还专门安排了摄影爱好者，准备抢拍一些急救时的生动镜头。一直在忙的急救志愿者社团社长，也突然停了下来，脸上隐约闪过一丝失望的表情。他安排大家赶紧收拾物品，准备撤退。说完，他突然拉过一把轮椅，冲着我说："快，坐到轮椅上，我推着你，我还没有真正体验过救人的感觉！"我理解他的心情，很配合地坐到轮椅上。他二话不说，随手抓过一面红十字会的旗帜，盖在我的身上，然后迅速推起轮椅，沿着体育场的跑道边小跑起来。原本在跑道边看比赛的同学们以为真的有人受伤需要急送红十字会的救护车，纷纷让出道路，并向我俩分别投以赞许和遗憾的眼神，赞许社长的"救人"壮举，遗憾我的临场"受伤"。绕场一圈后，社长停了下来，一边喘着粗气，一边兴奋地说："我推过轮椅啦！已经体验了救人的感觉啦！"社长幸亏不是消防员，不然的话，没有火灾可救时，他可能先点火，再去救火。

学校非常重视组织活动，有些活动很有意义，我们从中也学到很多东西。学校每年都会组织大学博览会，由高二年级国际部学生通过展览的方式推介美国前40名的大学，参观展览的多为高一年级和高二年级的家长。我们小组7个人，负责介绍塔夫茨大学。按照小组的分工，我主要负责介绍学校的学术研究活动。该校1930年与哈佛大学合建了弗来彻法律与外交学院，成了美国最负盛名的国际关系研究生学院之一，培养了很多政治人物和外交官。对此，我非常感兴趣，做了比较深的研究，而且也准备将来把这所学校作为我申请的目标学校之一。展览前在班上的预演中，我们小组负责研究学校非学术活动的李同学，一上台就紧张起来，对着PPT竟然讲不出声音来，他冲着大家腼腆一笑，说了声"对不起"便走下了讲台。教室里顿时安静下来，我们小组其他几位面面相觑，组长向我使了个眼色，希望我上台救火。我研究的是学术活动，不是非学术活动，虽一字之差，但两者是补集的关系，完全没有交集的内容。但面对全班同学，我们小组不能掉链子。我站了起来，走向讲台，脑子里快速地运转，尽可能从前期的研究中检索出与非学术活动相关的点滴信息。走上讲台后，我快速扫了一眼PPT上的信息，经PPT的提示，我一下子想起了该校一些非学术活动的信息，再借助于想象力，做了一场临时发挥式的讲解。意想不到的是，班主任老师在最后的点评中，竟然还表扬了我们组准备充分、效果很好。

　　组织大学博览会，其中最重要的一项工作便是制作展板。放学后，我们小组留了下来，在教室里一起商量展板的设计与制作。一开始，大家以为差不多一个小时就可以搞定，所以我给母亲打电话，请她一小时后开车来学校接我。但我们提出的几个设计方案，经大家讨论研究后，都一一放弃了。我们希望设计的方案既能体现塔夫茨大学的特点，也能体现出我们小组的水平。最后，我们一致同意，以塔夫茨大学建于1852年的一栋最老的教学楼作为展板的主背景。画这栋教学楼的任务就落到了陈同学身上，因为她是我们班的画画高手，也是学校运动会会徽的设计者。展板完成后，已经是晚上十点多。我们都没有吃晚饭，也没有觉得饿。从学校出来后，母亲在校门口等我。那天降温，而且刮着大风，母亲等了我四个多小时。回到家后，父亲准备了一大桌子饭菜，正等着我们。

我们的大学博览会在一个周六的下午举行，那天天气很好，阳光明媚。展览开始后，我们的展位很受欢迎，两个小时里，很多家长围着我们问着各种各样的问题。我们平时可没有说过这么多的话，嗓子感觉要冒烟。展览结束时，一位高一年级学生的父亲还要咨询问题。他的孩子准备在高二时转到国际部，他对国际部充满期待，也有很多的疑惑。

经过白天的辛苦，晚上在做完SAT作业后，我困意难耐，趴在桌子上睡着了。到半夜十二点时，父亲叫醒我，让我上床睡觉。但我还有不少作业没有完成。我给自己定了一条规矩，当日事当日毕。如果不严格执行这条规矩，未完成的作业就会越积越多，有些甚至永远完不成。标化考试没有最好，只有更好。考了托福，还有SAT。考了SAT，还有SAT2。考了SAT2，还要考AP。除了考试，还有做不完的课外活动。所以，永远有做不完的事，看不完的书，做不完的作业，背不完的单词。本来准备睡觉的父亲，一看我还要继续"战斗"，他也没有去睡觉，而是留在客厅，继续看他的英文书。

按照我的课外活动计划，利用春节回老家的时间，我在村里开展了一次扶贫调研。我想探究一下，现在村子里脱贫攻坚情况到底怎么样？也想搞清楚，父亲是怎样从这个地方走出去，而其他人为什么没有走出去？父辈走出这个小山村后，它到底发生了多大的变化？现在是否还有人过着父亲小时候一样的生活？

老家所在的小山村，2014年有700多贫困人口，经过几年的扶贫努力，目前只有两户两人没有脱贫，2020年就可以摘掉贫困村的帽子了。村里给贫困户在村子最中心的地段盖起了安置房，将原来在大山上居住的贫困户统一搬迁下来，安置在安置房里住。安置房有平房，也有两层的楼房，每家 50 平方米，两室一厅。不在山上的贫困户，村里补助，在原有的宅基地上，把老房子加以改造，一般也都盖起了楼房，面积要比安置房大得多。

我随机走进了一户安置房，户主叫肖五九，68 岁，因为前些年脑梗，落下半身不遂的残疾，被认定为低保贫困户，平时与妻子生活在一起，妻子听力有些障碍，戴着助听器。他们有一个女儿，已大专毕业，在合肥工作。房子里，空调、冰箱、彩电齐全，还是整体厨房，与普通收入家庭基本没有差别。我问户主，一年政府能够补助多少钱？他们给我找出财政补贴农民资金明白卡，上面清晰记载，补贴项目有农村低保金、产业扶贫补助、贫困户重大疾病和大病救治综合医保补偿、秸秆禁烧及综合利用奖补资金、城乡医疗救助资金、农业支持保护补贴等十多个项目，一年总计能够补贴 11000 多元。他们介绍，在农村生活，有这么多钱，已经足够了。我们接着来到村里最贫困的一户人家，户主叫肖本芳，他家住安置房的最东头。肖本芳 83 岁，因年老多病，长年卧床，妻子身体也不好，老两口生活不能完全自理，被认定为五保贫困户。老两口有一养女，在县城里打工，两三天回来一趟，做好两三天的饭菜，给老两口留下。财政补贴农民资金明白卡显示，大多补贴项目与上一家一样，不同的有农村五保户补助资金、农村高龄津贴资金等，一年总共补助 12600 多元。

完全由政府出钱，将部分贫困户集中安置在村中心最好的位置，恐怕只有中国政府能够办得到。万斯在《乡下人的悲歌》中曾写到，米德尔敦的街道上，许多过去有钱人的豪宅年久失修，有的已经被分割成一间间的小公寓，里面住着米德尔敦最穷的人。曾经是米德尔敦令人骄傲的街道，如今成了瘾君子和毒贩们交易的地点。作者认为，这种变化就是美国当今经济现状的一个征兆，即越来越显著的居住隔离，而且是居住在严重贫困社区的白人工人阶级越来越多。与美国的情况相比，中国农村的深度贫困人口却住进了村子里最好的地段，而不是被隔离。据了解，很多地区的扶贫搬迁，基本上都是政府出钱，将极度贫困地区的农民搬迁出来，并帮助解决就业和生活来源，从而融入普通的居民生活之中。在中国的城市中，一般没有西方国家或大多数发展中国家城市中存在的贫民窟，这跟中国城市建设中的有偿拆迁制度有关，也跟政府强力推动的脱贫攻坚有关。

从我进屋调研的两户贫困户看，他们都是因病致贫。政府给予补贴，供他们看病吃药和日常生活，基本上有了保障。但对于年岁已大、身体不好的他们，缺乏人照顾还是一个大问题。不光贫困户，非贫困户也存在这个问题。我的爷爷奶奶，近90岁了，平时也是老两口相互照应着一起生活，孩子们都不在身边。村子里的年轻人，要么在城市里有正式工作，要么出去打工，平时村子很少有年轻人，剩下的多是老人和留守儿童，形成空心村。留守儿童是一个需要引起关注的群体。留守儿童通常与他们的爷爷奶奶生活在一起，一般来说吃饭穿衣倒没有多大问题。但由于没有父母的陪伴，孩子们在成长过程中，心理和生理上都缺乏来自父母的关爱。爷爷奶奶们照顾生活可以，但学习上一般辅导不了，甚至放纵孙辈。这些因素，都影响着留守儿童的成长和学习。

中国的土地制度和落叶归根的家庭观，没有随着工作的变动出现大的移民潮，也没有在城市里出现大量的贫民窟。广大农村像个巨大的海绵，当城市需要劳动力（水分）时，它就挤出水分，当城市接纳不了时，他们就回农村，农村的土地成了他们生活的最后保障。农民工，这个专用名词，就是这种水分。但这种离乡不离土的模式，其最大的问题就是留守儿童问题。如果这个问题不解决，农民的问题就没有得到根本解决，甚至造成更大问题。父辈虽然打工脱离了贫穷，而童年没有父母陪伴的一代，精神上的贫穷已经悄悄地扎下了根。如果采取措施确保留守儿童能够健康成长，能够接受好的教育，他们就会像父亲当年那样，通过读书改变命运，就会走出大山，远离贫困。

　　有位名叫罗斯高的美国教授，在中国农村进行了三十多年的调查研究。他认为，过去导致中国农村贫困人口的原因很多，教育是其中一个主要因素。他通过比较指出，北欧、加拿大、美国这些高等收入国家，平均 4 个劳动力中至少有 3 个高中毕业。而中国高中受教育程度是所有中等收入国家里最低的，甚至比南非还低。虽然中国城市孩子高中毕业率占 93%，甚至比美国还要高。但中国农村孩子只有 37% 进入到高中的校园。农村与城市的教育，出现两极分化，与 20 世纪 80 年代的墨西哥比较相近。20 世纪 80 年代的墨西哥，与韩国经济增速和产业结构几乎在同一个起点，但到 90 年代后，两国的差异就越来越明显。问题出在哪儿？韩国高中毕业率几近 100%，有效保证了劳动力的受教育程度，使韩国成功进入发达国家行列，避免了掉进中等收入陷阱。但在墨西哥，大量文化水平不高的劳动力只能打杂工，或者跑到美国，甚至违法犯罪。父亲那时候，农村与城市的教育相比，小学阶段差距不小，但初中和高中阶段差距并不大，教材基本都是统一的，老师水平差距也不大，城里和农村的孩子基本上在同一个起跑线上，竞争相对比较公平。但现在，农村和城市的教育差距越来越大了。这种状况不改变，农村问题的根源就没有得到解决。

　　四十年前，中国农村孩子长大之后，可能就是做一个农民，种庄稼不需要多高文凭。现在，农村劳动力要进城打工，在一个流水线上做工人，需要拥有一定的文化水平。将来，随着科技的进步，对劳动力素质的要求会越来越高，走出农村的劳动力，如果想找到一份体面的工作，必须拥有更高的文化程度。

后　记

　　我的家庭说到底只是一个普通家庭，没有做过什么惊天动地的大事，但是客观来讲，这样的大家庭恐怕在以后就再也不常见了。对于众多的独生子女来说，他们的下一代将不再熟知大伯、小叔、姑姑、舅舅之类的概念。因此，像我们这样的大家族，对于现在这个时代甚至未来的时代来讲都是一种稀缺资源，有必要好好记录我所了解到的家族的故事。

　　首先得感谢我的父亲，是他鼓励我动手写这本书，并不过多干预我的写作。即使对部分内容有不同意见，他仍然尊重我的个人意见。我的祖辈所经历的，对于他们来讲已然习以为常，但对于我来说那些看似平淡无奇的故事却仿佛是种传奇，充满着新鲜感。我利用两年来各种零碎的时间，将这些故事和思考整理出来，形成文字，感觉完成了一项很大的工程。

　　感谢家中的各位长辈，他们耐心地接受我的采访。没有他们的配合，一直以来支撑我完成这项工作的勇气和动力恐怕会大大受挫。就像J.D.万斯为了完成一次班级作业而要采访其祖母，而祖母对其父亲与母亲之间跨越太平洋的情书等感兴趣的情节能够谈上几个小时，而对万斯感兴趣的有些内容则只愿聊上几分钟。我所要写的是家族的故事，而不是本人短短

191

十几年的人生，两年之间花了大量的时间与家中长辈聊天，一起追寻沉没在他们记忆深处的往事。在中国传统家庭里，一般都是长辈领导晚辈，晚辈配合长辈，而现在似乎颠倒了过来，让长辈们配合我的写作，让他们耐心回忆过去的人和事，确实不是一件容易的事，我费了不少工夫。

学习过程中，除了学校的课业，还有上不完的托福、SAT 等课程，有考不完的各种考试，还要完成各种各样的学术的或社会的活动。每天能够留给写作的时间十分有限，多则日写几千字，少则几百字，有时连续数日颗粒无收也并不意外。日积月累，十多万字也总算完成了。

在本书的出版过程中，得到了大连出版社的慷慨相助。编辑老师不嫌弃本人一介中学生的稚嫩作品，给予了本人许多专业的意见和指导，在此深表感激！

这只是一个起点，我将加倍努力，以报谢大家对我的帮助和支持！

作　者